SETE ANOS E UM DIA

ELVIRA VIGNA

Sete anos e um dia

Posfácio
Alexandre Vidal Porto

Copyright © 2025 by Elvira Vigna

Grafia atualizada segundo o Acordo Ortográfico da Língua Portuguesa de 1990, que entrou em vigor no Brasil em 2009.

Capa e ilustração de capa
Elisa von Randow

Preparação
Márcia Copola

Revisão
Clara Diament
Aminah Haman

Os personagens e as situações desta obra são reais apenas no universo da ficção; não se referem a pessoas e fatos concretos, e não emitem opinião sobre eles.

Dados Internacionais de Catalogação na Publicação (CIP)
(Câmara Brasileira do Livro, SP, Brasil)

Vigna, Elvira, 1947-2017
        Sete anos e um dia / Elvira Vigna ; posfácio Alexandre Vidal
Porto. — 1ª ed. — São Paulo : Companhia das Letras, 2025.

        ISBN 978-85-359-3998-9

        1. Ficção brasileira I. Porto, Alexandre Vidal. II. Título.

24-241316   CDD-B869.3

Índice para catálogo sistemático:
1. Ficção : Literatura brasileira B869.3

Cibele Maria Dias – Bibliotecária – CRB-8/9427

Todos os direitos desta edição reservados à
EDITORA SCHWARCZ S.A.
Rua Bandeira Paulista, 702, cj. 32
04532-002 — São Paulo — SP
Telefone: (11) 3707-3500
www.companhiadasletras.com.br
www.blogdacompanhia.com.br
facebook.com/companhiadasletras
instagram.com/companhiadasletras
x.com/cialetras

*A
Pedro,
Hugo,
Nazaré
e outros fantasmas*

Sete anos e mais um dia
era a nau a navegar.
Nau Catarineta, do folclore
português e brasileiro

Sumário

SETE ANOS E UM DIA, 11

Posfácio — Alexandre Vidal Porto, 181

SETE ANOS E UM DIA

PARTE I
Sete anos...

1.

Caloca começou a subir o barranco coberto de restos de capim queimado, garrafas quebradas, seringas de injeção, camisinhas de vênus, estopas, pneus, tijolos partidos, como quem sobe os degraus do paraíso, tirulá, alegremente, pois atrás dele, dentro do carro, um Volkswagen velho e sujo, estava Bete, e era um prazer deixar Volkswagen e Bete para trás.

Adeus. Caloca subiria o morro, desceria pelo outro lado, tomaria um ônibus qualquer, o primeiro, o dois dois dois dois que parte direto de Bonsucesso pra depois, e pronto, seria uma outra pessoa. José Ribamar da Silva, recém-chegado de... do... fui roubado na rodoviária, estou sem nenhum documento não senhor.

Mas o esforço de subir foi substituindo a alegria de deixar Bete e Volkswagen, que Caloca não era do tipo esportivo, e depois de quinze, vinte passadas no barranco não conseguia mais nem pensar. A estrada tinha sumido de vista e Caloca parou, respirando fundo e disciplinadamente para tentar recuperar seu estado normal. Mas o estado normal de Caloca, como ele próprio rapidinho se lembrou, não era disciplinado, de modo que, desistindo da

tática, passou a respirar no ritmo que seu coração ordenava, e mais
— já que era para arrebentar: de repente ensaiou um rock enquanto dava um grito rouco, rrriaauuuu, sozinho no alto do morro.

Um ventinho leve soprava apenas o suficiente para espantar os insetos. Caloca empolgou-se e jogou-se no chão enquanto ouvia os aplausos da multidão e uma vozinha que dizia como era bom sujar a roupa toda. Pena não estar com alguma camiseta branca, com furos redondos, uma camiseta de José Ribamar da Silva. Seria ótimo. Voltaria para casa, dirigindo o Volkswagen (isso se ele não quebrasse), com Bete do lado. Como é que estava Bete? Acho que com jeans azul-claro, o que era muito mais na moda que jeans azul-escuro, e o resto condizente: brincos, perfume, unhas esmaltadas, sandália, camiseta sem sutiã. A camiseta dele com buracos redondos (moda queijo suíço, boneca, e Bete acreditaria), sua barba subitamente crescida, e escarraria janela de Volkswagen afora, toda vez que parassem num sinal e que o cara do carro ao lado ficasse olhando.

Mas uma formiga mordeu Caloca, que vento não espanta formiga, lei da física, e Caloca se levantou. O ruído de cidade, de pessoas, ficava distante lá em cima. Caloca conseguia identificar um rádio ou uma televisão irradiando jogo de futebol, uma música, gritos de criança, e o barulho do tráfego pesado da estrada principal que não ficava nem tão perto. Impressionante. E essa distância entre ele e o resto das pessoas foi fazendo Caloca se sentir magnânimo, melancólico, magnanimamente e melancolicamente ligeiramente preocupado com o bem-estar dos seus súditos. Lá longe. Se uma criancinha viesse pedir-lhe agora uma casa para ela e os pais e os treze irmãos, Caloca daria sem pestanejar, magnânimo e melancólico… Mas cadê a criancinha, porra, e a picada da formiga coçava, e sobrepondo-se aos agradáveis ruídos longínquos havia um outro, este de buzina, buzina de Volkswagen velho e mulher chata.

— Poooorrraaaa!!!!!

O berro foi tão alto que Caloca puxou um pigarrinho, com medo de ter machucado a garganta, que Caloca era meio hipocondríaco (opinião da Bete), ou não era, mas, como todo mundo, não gostava de ficar com a garganta doendo. De modo que quando repetiu porra, repetiu com voz mais baixa.

— Porra. — E já começava a descida quando parou.

Por que haveria de descer? O que — não, agora falando sério —, o que o obrigava a descer?

E com uma expressão facial que estaria melhor aproveitada num pedaço de acetato, Caloca deu um puxão enérgico na sua capa e saiu voando.

Como todos os que já voaram alguma vez na vida sabem, o problema de voar é voltar.

O Volkswagen era velho e fazia um barulho na embreagem que Caloca, há vários dias, não ouvia.

— Que barulho é esse?

— Não é nada.

O rádio do carro sintonizava mal e, mesmo se sintonizasse bem, as FMs agora tinham tanto anúncio quanto qualquer outra rádio, o que era um saco, porra. E a Bete. Ah, porra, porra, porra, a Bete.

Além e acima do barulho da embreagem, da estática e do anúncio, Bete falava. E o que Bete falava era condizente com sua aparência e era esse o problema da Bete, ela era toda condizente. Bete falava que Caloca não servia para nada e que jamais iria conseguir construir casa naquele terreninho de merda. De merda, aliás, não, pois Bete não fala palavrão.

Naquela titica de terreninho. O que era apenas mais uma prova disso.

E Caloca, que não estava prestando atenção, ouviu o "prova disso", e ficou curioso.

Disso o quê?

Bete virou-se para a janela do carro, ofendida. E ofendida e em silêncio ficou alguns minutos. Mas como Caloca parecia: um) não ter notado que ela estava ofendida; dois) estar mesmo parecendo contente por ela ter parado de falar, então ela continuou.

Disse que o melhor era ela telefonar para o papai hoje à noite (depois das oito é baratinho) e perguntar a opinião dele antes de Caloca botar tudo a perder, com besteira em cima de besteira até levar ambos para a penúria mais negra, para a sarjeta, onde não há, como todos sabem, aulas de dança, jantarecos de queijos e vinhos e onde as pessoas não usam sequer xampu.

O trânsito na ponte estava congestionado. Recapitulando, então: a embreagem, o rádio, a Bete e mais agora as buzinas dos carros parados. E o calor infernal de Volks no sol com janelas fechadas, pois em congestionamentos há que se precaver contra os pivetes ou contra o escândalo de um país que abandona seu próprio futuro (apud Pedro). Caloca aumentou o rádio — ou seja, os anúncios e a estática — para compensar a Bete e a buzina do carro de trás. Vá buzinar na mãe, mas foi inútil pois as janelas, lembram-se?, estavam fechadas.

O que mais?

— O que mais, porra? — (Mais um "porra" bem berrado, porra, eu tenho que parar com isso senão amanhã não vou ter voz para dar aula, o que, aliás, é uma boa ideia; quem é que quer dar aula?)

— Hein? O que mais? — tornou a discursar Caloca, desta vez olhando para o céu azulzinho onde tinha estado até há pouco.

Bete parou de falar, desta vez de vez, pois os "o que mais" de Caloca não tinham nada a ver com o que ela estava falando e Bete às vezes achava que Caloca era meio maluco, sei lá, de repente podia dar uma de mineiro e sair matando ela por ciúme. Sua puta, saíste na rua outra vez! Pelo sim, pelo não, Bete calou a boca desobrigando Caloca de comentar alguma coisa sobre sua última frase (o Gustavo, o marido da Eliane, sabe a Eliane?, ele é arquiteto e já ofereceu de fazer uma planta baratinho para a gente).

Maravilha. Caloca anotou mentalmente o sucesso dos "o que mais" prometendo a si mesmo repeti-los sempre que possível. Que silêncio *bão*. Isto é, silêncio sem contar a embreagem, o rádio, a buzina, mais alguns ruídos de lataria não identificados (a ferrugem será dona do mundo), do apito do guarda e do estômago de Caloca — que horas seriam?

Pronto, tinha aterrissado. Agora era tocar para casa, almoçar a comida que a empregada tinha deixado pronta de véspera, tomar uma cerveja para ajudar e tentar dar um jeito de as sete horas da noite chegarem rápido, quando então tornaria a comer, a tomar uma cerveja e ficaria olhando pela janela. Se ele pusesse a cabeça bem para fora da janela, mas bem para fora mesmo, e fechasse um pouco da vidraça atrás de si, dava para não ouvir a televisão da Bete. Ou melhor, dava para ouvir a televisão dos outros, o que Caloca achava infinitamente melhor sem nunca ter conseguido explicar por quê.

Foi com a cabeça bem para fora — será que ele está pensando em suicídio ou é um ângulo em que dá para ver mulher nua, se perguntava Bete, indecisa se tomava o rumo do penico ou da indignação. Na dúvida, e como a televisão não estivesse de todo ruim, não fez nada. E então Caloca pôde continuar a fazer o que fazia, e o que Caloca fazia era pensar nos detalhes da casa que construiria no terreno de Pendotiba. Esse revestimento, meu senhor, é evidentemente melhor do que aquele, e o vendedor olharia com desprezo para um cliente tão pobre ou ignorante que precisasse desse tipo de explicação.

Um ou dois andares. Dois. Escada é um troço genial, já sabia a Greta Garbo. Paredes cáqui, portas roxas, e lá dentro ele só se vestiria de amarelo-ouro. Oiro. Esta marca não presta, todo mundo sabe disso menos você, e na cozinha, *benzim*, quero cozinha americana.

Bete passou os braços pelo pescoço de Caloca vinda por trás, deixando seu corpo bem coladinho ao meu, como era mesmo esse sambinha?, e mordeu a ponta da orelha dele. Quanto serão quatro metros quadrados? Não, não de preço, mas de que tamanho são quatro metros quadrados. Amanhã Caloca passaria numa banca de revistas, pegaria resoluto uma *Casa & Jardim*, daria uma rápida folheada só para mostrar ao jornaleiro que ele sabia, sim, o que estava procurando, que ele não estava comprando só por comprar. E diria:

— É essa! — com a revista aberta na página 84.

— É essa! — E tiraria o dinheiro do bolso. — Pode ficar com o troco.

E, revista embaixo do braço (dobrada?, sem dobrar?), rumaria para casa a passos firmes sem olhar para trás, balançando a bengala de cabo de prata. E mostraria para a esposa, para o mestre de obras, para os vizinhos, amigos e parentes, a página 84:

— É essa. — Com as costas da mão daria tapinhas na página 84, num gesto de tribuno com a Constituição.

Tribuno antigo.

Cena histórica, tipo século passado.

Na França.

Está bem. Esqueçamos a Constituição e joguemos a página 84 no bicho. E a *Casa & Jardim*?

No dia anterior Caloca tinha passado numa banca de jornal e olhado horas a capa de uma *Casa & Jardim* onde havia uma casa lindíssima de papel brilhante.

— Caríssimo esse papel — teria dito Catarina, a namorada de Pedro, o amigo de Caloca, sendo ela desenhista, a Catarina, e portanto conhecendo muito bem esse negócio de papel. A casa, deitada na banca de revistas, olhava, de sua sombra pinheiral, para muito além de Caloca, sem vê-lo. Caloca teve que desistir de estabelecer contato com o papel caríssimo quando o jornaleiro, depois de dar um troco a um homem que não tinha a menor dúvida, este, do que queria ("me dá a *Última Hora!*"), virou-se para ele e perguntou:

— Quer alguma coisa?

Uma casa com varanda para quando vierem os filhos hé, hé, né bem. A frase estava ficando cada vez mais repetitiva, pois para todos a quem eles falavam dos planos de construir a casa, era essa a explicação fornecida. De tanto repetir, eles já haviam cortado o "hé, hé, né bem" e ultimamente até mesmo a tradicional troca de olhares que pontuava o seu final já havia sumido. Só não sumira a varanda propriamente dita, mas ao invés de pirralhos berrando, chorando e sujando tudo, a varanda — sim, haveria com certeza uma varanda — seria sombreada, com uma rede, com Caloca dentro da rede, ouvindo música renascentista continuamente num aparelho novo que vão inventar e que é comandado por piscadas de olho. Cada movimento da pálpebra, e o disco muda de lado. E duas mucamas, de peitos nus, abanando Caloca e cantarolando a música renascentista, são baixos sopranos. Talvez um quinteto violado já esteja bom. Ao lado, uma cestinha de vime trançada à mão com batata frita à portuguesa e gim fizzzzz.

Impossível ignorar os peitos duros da Bete nas costas. Caloca resolveu ir se chegando; não tem tu, vai tu mesmo.

(Mas não deu certo. O esforço de ter subido o barranco, as

duas cervejas, e os peitos nus das mucamas, tão mais pretos e maiores que os da Bete. Bete virou-se para o lado para chorar baixinho um choro pontuado de você-não-me-ama-maises. Nem tão baixinho, que de vez em quando ela dava uma chorada um pouco mais alto que era para ter certeza de que Caloca estava ouvindo. Só desistiu quando a respiração pesada dele indicou que já era. Nem cinco minutos depois. Puto, veado. Bete mordeu o travesseiro para não morder Caloca. Veado, puto. Que Bete não era do tipo que falava palavrão, mas pensava.)

Eu me salvaguardo, tu te salvaguardas, ele se salvaguarda, nós nos salvaguardamos, vós vos salvaguardais, eles se salvaguardam — todos constitucionalmente, a partir das dezessete horas do dia 13 de outubro; serão servidos salgadinhos e refrigerantes, a dupla Dom e Ravel animará o ambiente com seus sucessos.

Mas foi pouca gente.

No fim, é um problema de linguagem.

Caloca, por exemplo, não entendeu que o assunto era com ele e continuou a fazer o que vinha fazendo há tantos dias: tentar voltar a tomar pé no assunto construção da casa, no qual Bete tinha se posto na dianteira. Bete (aliás, a família da Bete) conhecia não sei quem na Caixa Econômica que tinha visto já o negócio do empréstimo do BNH, nada de ilegal, só para a papelada andar mais rápido. O Gustavo, sabe o Gustavo?, já tinha sentado no sofá, bebido todo o uísque da casa, e explicado a planta. E recomendado o empreiteiro.

E a planta era o seguinte: na frente da casa, num dos desenhos, o da perspectiva externa, que era identificado na margem pelo misterioso símbolo A.3., havia duas pessoas que Caloca achou que deviam ser ele e Bete, um carro (é um Karmann-Ghia?, sei lá, o que importa se é ou não um Karmann-Ghia?, é que a gente tem um fusquinha. Olha, Caloca, Caloca, né? Olha, Caloca, tanto faz o carro, o importante é a casa, entendeu, eu não vendo o carro, eu sou arquiteto. Ah, claro, desculpe) e uma árvore frondosa sobre cuja inexistência Caloca preferiu não comentar num local tomado de capim, porque, se fosse falar isso, o arquiteto era capaz de achar que ele estava querendo briga. Aliás, não estava querendo nem mais a casa que só de pensar naquela casa enorme com a Bete dentro, na sala, no quarto, e mais uma empregada também dentro, na cozinha, na área, e mais uma ou duas amigas da Bete igualmente dentro, no banheiro, na varanda, Caloca começava a achar que a casa não ia ter espaço para ele.

A planta não foi obedecida, a construção da casa sofreu influências de variáveis variadíssimas mas que na verdade nem variavam tanto assim durante esses últimos tempos, a principal delas sendo que o país foi empurrado ainda mais (pela corrupção, pela impunidade, pela incompetência, dizia Pedro — o amigo de Caloca — com sua voz neutra, sua cara apagada em tudo contradizia o conteúdo de suas palavras) para a crise. As outras variáveis, todas de alguma maneira oriundas da primeira, foram que o dinheiro do BNH acabou antes do que devia, o material de construção também, o Gustavo arranjou um emprego de corretor de imóveis e se desinteressou de acompanhar a obra (para o que, aliás, não estava sendo pago e portanto nenhuma obrigação tinha, como ficou claro depois de uma rápida conversa telefônica entre Caloca e a mulher do Gustavo, como era mesmo o nome dela?, num dia de muito sol, sábado, em que Caloca ligara para pedir ao Gustavo que fosse com ele a Pendotiba para ver como estava o problema da varanda, que teimava em rachar num dos cantos). E, mais uma variável, a Bete foi mesmo embora, tornando inútil o desenho da moça vestida de vermelho e de salto alto (salto alto naquele morro, rá!), que tinha sido posto na frente da casa na folha marcada com o misterioso A.3. E, mais uma variável, ou invariável no caso: Caloca continuou com o seu fusca, o que tornava o Karmann-Ghia (também vermelho, por que será que aquele sujeito gostava tanto de vermelho, só pode ser agressividade reprimida, ele que não brinque que eu ainda dou um soco nele, está ganhando os tubos no não sei quê Dourado); não só, pois, ficava o desenho do Karmann-Ghia igualmente obsoleto mas também ficava — por ser o fusca um fusca e não um Karmann-Ghia vermelho, um fusca velho, velhíssimo — cada vez mais difícil ir sempre a Pendotiba controlar o desenvolvimento da obra.

Por causa disso tudo, então, e mais porque Caloca gostava muito de se imaginar amigo de trabalhadores braçais, ele um dia, passando o braço nas costas do mestre de obras, suspirou fundo e falou, em resposta a uma pergunta do homem:

— Manel. Você faz como você achar melhor, que você manja do assunto.

É Pedro quem conta:

A CASA DE PENDOTIBA, TÃO PARECIDA COM O BRASIL

A casa ficava no alto de uma colina e era muito estranha. Tinha sido feita em cima de um terreno ganho de herança, desses terrenos que são um dia comprados por impulso, falsa informação ou especulação imobiliária disfarçada de singelo sonho burguês (o mais comum), e que lá ficam, por dezenas de anos, abandonados, recebendo a visita anual do dono e, quando este morre, do seu herdeiro, assim continuando por mais anos ainda, na espera de que enfim seu valor aumente. Visitas a terrenos como estes são sempre iguais, o dono chegando de carro — e à medida que os anos passam só a marca do carro muda —, estacionando em alguma sombra, quando as há. Aí o dono desliga o carro e sai, prestando atenção para não sujar a bainha da calça. Acende um cigarro e fica o tempo que os mosquitos deixam a olhar para o capim, fazendo planos, imaginando uma outra vida diferente da sua. Mas o sol queima, os mosquitos incomodam, e a visita acaba, até um outro domingo igualmente sem programa, no ano que vem.

O terreno da casa tinha sido um terreno desses.

Um domingo, Carlos Alberto de Sousa Pinto tinha saltado do carro, olhado o capim e decidido que, ao invés de tentar fazer mais traduções das sete às onze da noite, dar mais aulas particulares igualmente das sete às onze da noite, passar a comer menos ou qualquer outra coisa do gênero para ver se conseguia pagar o aumento do aluguel do seu dois-quartos, mais valia pegar um financiamento do Banco Nacional da Habitação para a construção da casa própria, e construí-la. E arrematou para si mesmo, enquanto pisava, subitamente determinado, no toco do cigarro: fodido, fodido e meio.

Foi já no caminho de volta que ele acabou de arquitetar os detalhes de sua condenação: a casa seria bonita, não haveria economia. E começou a pensar na construção da casa com o prazer de quem pensa numa vingança: vingança contra a falta de dinheiro, contra a mulher que ameaçava ir embora, contra a universidade onde ele tentava dar aulas de Teoria de Significação a alunos a seu ver completamente sem ela — prática ou teórica; contra a sensação de não estar decidindo, ele mesmo, a sua própria vida.

A casa, então, foi feita com vitrôs franceses comprados em demolição, gradis de antiquários, varanda ampla, chão de madeira de lei em algumas partes e, em outras, lajotas de barro, janelas arredondadas em cima, pé-direito alto, escada curva. Pois

Carlos Alberto tinha devaneios estéticos totalmente em desacordo com suas teorias políticas. Carlos Alberto (ou Caloca, como ele era mais conhecido) achava a época Brasil Colônia linda. Ele imaginava a sua casa como uma casa-grande, de fazenda de cana-de-açúcar e de escravos, mas com a caiação das paredes coberta por estantes de livros, por quadros de vanguarda e, em cima dos poucos móveis rústicos mas sólidos, que ele já punha aqui e ali enquanto atravessava a ponte, de volta, haveria o seu bumba meu boi do Mestre Vitalino e a fruteira portuguesa. Boi e portuguesa, herdados, junto com o terreno, uma cruz de Malta para o pescoço e a nostalgia de um Tejo nunca visto.

Esta era a casa que deveria ter sido. Mas depois daquela manhã de domingo passada a olhar o capim, várias coisas aconteceram, uma delas que o dinheiro do BNH acabou bem antes de se acabarem os três quartos, biblioteca, sala de estar, sala de jantar, dois banheiros, telhado em telha colonial, cozinha americana, vitrôs, escada de peroba, portas de ripinha, e a casa então dava essa impressão tão estranha de criança com cara de velho.

Pois desde o começo, muito antes de ela desabar parcialmente, havia essa ambiguidade de coisas ainda por fazer e de materiais já velhos, antigos, deteriorados.

O lado de fora não era melhor. A casa ficava num alto de colina por onde se chegava a pé, pois o caminho para automóveis, mandado abrir num meio de ano por Carlos Alberto, durou apenas os meses que antecederam ao primeiro verão, as chuvas transformando o que seria o caminho numa sequência de fiordes, istmos, falésias e demais sofisticações europeias que não deixavam de ser do gosto de Carlos Alberto. Falésias e arribas misturadas com explosões espontâneas de tiriricas e capim, ainda os originais, os eternos, os verdadeiros proprietários do terreno, sempre (quase sempre) arrancados mas nunca vencidos. Tudo coroado por tijolos partidos, cimentos quebrados e demais entulhos próprios de qualquer obra. Carlos Alberto gostava de ver o resultado, sempre mutante, de cada nova chuva, no caminho. Um happening da natureza — dizia ele —, um começo de mundo. O sentido prático ficava ao lado, num sistema de cordinhas e roldanas que fazia levar para cima as compras mais pesadas, deixando aos humanos o exercício diário — e a aventura — da escalada pelos picos e precipícios do happening natural.

Em volta, a pobreza de Pendotiba. Perto da casa de Carlos Alberto havia outras poucas construções também no estilo casa-grande. Serviam para acentuar ainda mais a impressão de senzala de todo o resto, composto por casinhas, murinhos, portõezinhos com latas de óleo de soja penduradas. Digo outras construções como se a casa de Carlos Alberto estivesse em construção, o que não é verdade. Depois que Carlos Alberto para lá se mudou, em fins de 1978, nada mais foi construído. Mas ela, porém, sempre deu a aparência de estar em perene construção, e Carlos Alberto se aproveitava sem hesitação dessa falsa aparência quando lá ia qualquer pessoa pela primeira vez.

Ele, nessas ocasiões, dizia frases sobre a mudança iminente do barbará do banheiro, sobre a visita do eletricista para resolver o duto trifásico e sobre sua intenção de comprar, ele mesmo, uma serra tico-tico para consertar aquilo ali, e apontava para uma direção vaga que, fosse qual fosse, sempre compreenderia muitas coisas que poderiam ser consertadas com uma serra tico-tico. Se as palavras *barbará*, *duto* e *tico-tico* não bastassem para impressionar o visitante e convencê-lo de que a casa — já que não o país — estava viva e andando, então Carlos Alberto desistia, com um ar de dever cumprido, de nada mais posso fazer, de fim de mandato.

Carlos Alberto sonhava, nesta época, com um mandato de vereador e esperava a ocasião propícia para, como dizia, testar as bases.

Quanto às outras casas em construção nas redondezas, a maioria teve longos períodos em que as obras ficaram interrompidas, algumas foram vendidas no meio da construção, umas pouquíssimas chegaram a termo, reproduzindo com pequenas variações o sonho colonial de Carlos Alberto. Ele gostava de olhá-las. Deixava-se ficar, manhã cedo antes de o sol esturricar sua nuca, de pé no piso da área de serviço, que não possuía os muros que deveriam cercá-la, a fumar o segundo cigarro do dia, copo de café na mão, olho grudado no sonho dos outros, analisando os erros dos outros, revivendo os seus:

— O meu amigo ali está plantando palmeira no jardim. Só rindo.

Palmeiras, que levam vinte anos para crescer e que nem em vinte anos, no solo ácido e arenoso de Pendotiba. E Carlos Alberto falava sobre como alguém não vê que o solo é de areia, mas na verdade querendo dizer como alguém não vê que não dava para fazer algum plano que levasse vinte anos para se concretizar.

Nesta casa moraram Carlos Alberto e Catarina, que, antes, tinha sido minha namorada. A primeira mulher de Carlos Alberto, Bete, fora embora, graças a uma briga que se arrastara por anos e explodira pouco depois de Carlos Alberto ter decidido, enfim, construir a casa. Houve, nesta ocasião, a acentuar a tese de que Carlos Alberto não servia para marido, a nossa prisão para depoimento, minha e de Carlos Alberto. Eu sendo o grande amigo de Carlos Alberto, era na minha casa que ele dormia, justamente por causa de uma das suas brigas conjugais. Quando foram me buscar, ele foi também. Porque estava lá, por acaso.

Bete — a esposa — dissera então que bastava. E voltou para o Recife (depois de uns meses de independência em Ipanema), onde, para mostrar o quanto era moderna apesar da opinião contrária de Carlos Alberto, pediu divórcio, ainda novidade no país, o que lhe valeu notícia no jornal local e o repúdio eterno do

28

padre amigo da família — esta sim usineira, esta sim legítima construtora de casas-grandes por este Nordeste afora.

Catarina e Carlos Alberto não se casaram legalmente, em fidelidade aos ideais revolucionários deles e porque, como gostavam de dizer, rindo, Catarina era Catarina Martins Ribeiro e, se casasse, passaria a ser Catarina Martins Ribeiro de Sousa Pinto, ou pior, madame Pinto, o que era um nome de merda, melhor não tê-lo. E tornavam a rir. Carlos Alberto chamava Catarina de Catarineta, um apelido carinhoso, a substituir os sobrenomes ausentes.

E não tinham se casado também porque nenhum dos dois acreditava, nesta primeira fase, que a relação era para valer. No fundo, ambos achavam que um dia as coisas iam mudar e que a relação ia ficar velha e apertada, embora nem um nem outro, se perguntados, soubessem especificar o que mudaria: tudo, o humor, as coisas, as pessoas, nada em particular.

Catarina foi levando aos poucos as suas coisas para Pendotiba. Um dia uma muda de roupa para poder ir de lá direto para o trabalho na manhã seguinte, no outro uns discos. E quando chegou na vez dos documentos, guardados numa caixa de papelão, disseram, olhando para o inútil título de eleitor:

— A festa de casamento fica adiada. Ou quando essa bosta (o Brasil) melhorar, ou quando essa merda (a casa) ficar pronta. O que acontecer primeiro.

Lá pelas tantas eles tiveram um filho. Uma mudança, na falta de alguma outra.

2.

O apartamento era o 1308 do bloco B de uma sequência de três blocos, na Voluntários da Pátria, todos os três com quinze andares cada um, cada andar com doze apartamentos iguais ao 1308, onde Caloca estava por causa de um "então foda-se".

Caloca tinha dito então foda-se e Bete tinha feito um escândalo, apesar de esta não ser nem de longe a primeira vez que Caloca dizia então foda-se para a Bete. No meio do escândalo, Caloca tinha saído e batido a porta, o que era uma atitude infantil da parte dele, e uma tentativa machista de não escutar o que a Bete estava dizendo. Bete estava dizendo que aquela era uma atitude infantil da parte dele, não o sair e bater a porta — a qual ainda não havia ocorrido — mas uma outra atitude que Caloca não lembrava mais qual era.

Mas, enfim, águas passadas.

E Caloca, balançando o uísque, suspirou com alívio no sofá Gelli do 1308, bloco B, que vinha a ser o apartamento de Pedro, para onde tinha ido, depois de telefonar de um orelhão, algumas noites atrás. Ele dormia neste sofá, expulsando para tanto as almofadinhas de crochê. No chão, as almofadinhas de crochê continuavam combinando, apesar de agora mais distantes, com toalhinhas de crochê da mesa. Lá estava a coleção de cachorrinhos de bronze que havia pertencido a não sei quem da família e que Pedro reputava como uma verdadeira obra de arte (palavras dele: "veja que perfeição, são uma verdadeira obra de arte"), e que agora dividiam seu espaço nobre com uns cacarecos de Caloca.

No apartamento havia ainda mais alguns bibelôs e cortinas, que o apartamento de Pedro tinha cortinas. Cortinas de babados, almofadas de babados e toalhinhas de pontas em rendinha de crochê, presente das mé. Mé era como Caloca chamava a mãe e a tia de Pedro, Maria Ernestina e Maria Eudóxia, respectivamente ou vice-versa, como saber?

Caloca suspirou. Pedro estava no quarto se arrumando e Caloca estava bebericando o uísque que ele mesmo tinha comprado, que na casa de Pedro só havia uma garrafa de cachaça ainda quase cheia, apesar do rótulo amarelado demonstrar sua idade provecta.

— Pura, especial — dissera Pedro.

Devia ser o que Pedro considerava uma extravagância: sentar no sofá Gelli, desabotoar a camisa de cor neutra, beber um trago da cachaça pura especial, e fazer aaahhhhh.

Caloca já havia conseguido falar com a prima da Bete por telefone, já que Bete não só se negava a falar com ele, como tinha mudado a fechadura do apartamento. A prima era meio machona, morava em Ipanema e tinha concordado em três pontos básicos: mandar as roupas de Caloca para o apartamento de Pedro, marcar um encontro no escritório de um advogado no Edifício Avenida Central, e qualificar Caloca de inqualificável. E era a isso que Caloca brindava com seu uísque.

Caloca e a prima da Bete sempre tinham sido inimigos corteses, olá querido e dois beijinhos, seguidos de quantas farpas houvesse jeito de colocar no meio da conversa sempre amena. Não era gratuito, Caloca fizera por merecer. Não só pelo simples fato de ser do sexo masculino como, principalmente, por alardear isso. Das primeiras vezes que se tinham visto, Caloca se divertia, para ajudar a passar o tempo, em conquistar a prima. Quando ele e Bete iam se encontrar com ela, ele fazia questão de ir bem bonito e ficava o tempo todo falando com voz de cama, lançando olhares de *frete*, a camisa sempre aberta, os pelinhos do peito aparecendo. A prima tentava conversar sem olhar para ele. Depois não desgrudava os olhos, com expressão de não acredito. Aos poucos a apoplexia ia tomando conta dela, e no fim sua voz ficava bem fina e ela começava a gaguejar, sem conseguir responder ("não quer que eu bote uma mostardinha?"). A voz mais fina e a gagueira sendo um simulacro de fragilidade, a prima assim ficava parecendo mais feminina na opinião de Caloca, que então redobrava seus esforços, agora sem saber direito se era de sacanagem ou à vera.

A prima da Bete o odiava. Não fosse ela vegetariana, já o teria cortado em rodelas finas como a um salaminho. Agora Caloca se arrependia, ela prometia ser uma inimiga e tanto.

Mas, águas passadas. O que foi feito, já foi. E Bete e prima já eram. Agora era curtir. Mas Caloca olhou em volta e tornou a suspirar.

O apartamento de Pedro não parecia apartamento de solteiro, essa invejável raça de super-homens que tudo pode, pairando acima das mesquinharias da vida dos pobres homens casados, massa de escravos. Tanta toalhinha, crochezinho e titiquinha, que Bete ia se sentir muito à vontade ali.

Era só por uns dias. No fim de semana, Caloca iria até Pendotiba para ver se já dava. E se já desse ia se mudar para lá com obra e tudo, paciência. Não comia mesmo em casa e, mijar, qualquer matinho servia.

Caloca tinha dito a Pedro da decisão da Bete de enfim ir embora. E Pedro, com aquela cara de seminarista, ou de contador. Ou de seminarista-contador, que horror, Pedro tinha dito:

— É. Esta saída da Bete está sendo uma saída de caracol. De-va-ga-ri-nho. E olha, vai levar a casa nas costas.

Caloca tinha inveja da maneira como Pedro falava e achava que Pedro devia ser escritor.

Neste mesmo dia de manhã, quando Caloca enfim teve permissão de entrar no seu ex-apê, descobriu que Bete realmente tinha levado a casa nas costas. Não para o Recife, que afinal era muito longe, mas para Ipanema, para a casa da prima. Caloca começou a achar que Pedro era um gênio de observação. E quando descobriu, abrindo um armário embutido aqui, e atrás de uma porta ali, duas calcinhas de cetim prateado da Bete (ela, desde solteira, que só usava calcinha de cetim, ai), Caloca ficou estatelado. Não só era uma saída lenta e com a casa nas costas, como também ela havia deixado um rastro prateado para que ele a seguisse até o inferno e, de joelhos, lhe pedisse para voltar.

(Ou, se isto fosse de todo impossível, pelo menos para pedir que mandasse mais algumas calcinhas prateadas para Caloca povoar suas noites de solidão com gratas lembranças do passado.)

— Pedro, você é mesmo um gênio, porra. Até rastro ela deixou! Você devia escrever essa história. A Mulher Caracol. Aliás, você devia escrever, Pedro. Sentar e escrever. Essa e outras histórias.

Pedro dava um sorrisinho e Caloca repassava a história que Pedro escreveria. Ele, chegando na casa da família da Bete, no Recife, apeando do cavalo no alpendre. Alpendre? É, acho que é alpendre. E se jogando aos pés dela, que tomava suco de maracujá na cadeira de balanço, e dizendo:

— Só mais uma vez. Por favor.

Enquanto o pai dela, batendo nervoso o cabo do chicote no culote, a tudo observava, sério.

— Não. Está muito calor.

— Então me dê pelo menos mais uma calcinha. Por favor.

— Não. Hi, hi.

— Por favor!

— Hi, hi.

E, enquanto este belo diálogo se desenvolvia, o pai da Bete, com apenas um gesto de cabeça, ordenava a um empregado que por lá passava que fosse pegar uma das calcinhas da Bete na pilha do fundo da gaveta de cima da cômoda da direita no segundo quarto, embrulhasse-a (!) em papel de pão — tem lá na cozinha — e pusesse no albornoz? embornal? albatroz? saco. No saco pendurado na sela do cavalo de Caloca, quando então interromper-se-ia o interlóquio (interlóquio?) com as seguintes palavras do pai:

— Vá embora, jovem. E contentes-te (está certo isto?) com o que ganhastes-te. E não voltes-te mais aqui!

E a Bete ia para um convento, e Caloca voltava para o Rio. De avião, rapidinho, que o uísque tinha acabado.

Caloca foi fazer mais um uísque e Pedro ainda estava se arrumando, que Pedro primeiro arrumava toda a roupa em cima da cama, depois ligava o chuveiro para a água ir esquentando, depois botava o rádio na Ministério da Educação bem alto, tomava banho, e aí começava tudo outra vez porque não era possível: mais de quarenta e cinco minutos.

Mas já devia estar quase pronto, pois Caloca escutava a voz dele no telefone falando com Catarina, a namorada, e isso era sinal de que ele estava quase pronto porque sempre, antes de acabar-acabado de se arrumar, ele ligava para alguém. E Caloca achava que ele abaixava o rádio o suficiente para ouvir o que a pessoa falava mas não tanto que não desse para a pessoa ouvir que ele estava ouvindo música clássica. Deitava na cama e, enquanto falava, fumava um cigarrinho.

Era para esperar a fumaça sair do banheiro, senão ele suava tudo outra vez, tinha se dado ao trabalho de explicar. Tocaram a campainha, Caloca foi abrir. Caloca ficou olhando e pensando: o que eu faço agora? Tentou um "espera aí ô meu", mas o "espera aí" saiu falso, com a entonação errada. Caloca sabia muito bem do movimento, na faculdade, para organizar um apoio à greve dos metalúrgicos, e também sabia muito bem como é que polícia parece. Mas mesmo depois, já dentro da Veraneio com Pedro, rosado de tão lavadinho, e os homens, Caloca continuava com a impressão de que tinha sido jogado num filme com atores ruins e roteiro pior ainda. Talvez por causa das calcinhas de cetim da Bete. Ou porque os policiais contribuíram eles próprios para essa impressão de irrealidade. Eles pareciam estar fazendo um papel, o papel de policiais em seriado da Globo (larga essa arma, Roberto!). Diziam o cavalheiro e temos órdis, com os trejeitos e o português errado de quem estivesse fazendo uma caricatura de policial. E até casaco de plástico usavam, apesar do calor. Pelo visto, o figurinista, solidário com o roteirista e os atores, também era bem ruim.

Caloca procurou o olhar de Pedro, para dizer:

— Qual é a desses caras? — E rir. Uma boa risada, ele sentia, iria quebrar a ilusão. Mas Pedro desviava os olhos e os policiais, agora mais relaxados, falavam menos rebuscado e ficavam parecendo, a cada minuto, mais policiais de verdade.

Para Caloca, não ficou muito da história toda. Uma encheção de saco — mais uma, entre tantas daquela época — e a sensação, mais uma vez, de ter entrado na história errada. Na história de um outro país ou, pelo menos, na história de Pedro, que, este sim, circunspecto, demonstrando sua indignação no sofá do quartel, ou aproveitando todas as oportunidades para lançar indiretas ao major que presidia o inquérito, Pedro parecia saber como agir, experiente. Vendo-os, polícias de um lado e, de outro, o defensor de ideologias sociais, Caloca só tinha vontade era de sair dali e ir cuidar da vida, que tudo aquilo já estava enchendo o saco, como ele disse uma hora em voz alta mas ninguém respondeu nada, Pedro parecendo não ter gostado da observação tanto quanto os homens.

O INQUÉRITO E NOSSA DESIMPORTÂNCIA

Na faculdade onde eu e Carlos Alberto ensinávamos era comum naqueles dias ver-se colegas cochichando no intervalo das aulas, com os cotovelos em cima das mesinhas do bar do térreo, olhos atentos aos que estavam em torno. Estava havendo um movimento para lançar um manifesto de apoio aos operários paulistas que paralisavam a indústria automobilística há mais de um mês, num desafio à política de castração dos sindicatos. Era a primeira grande greve em muitos anos.

Carlos Alberto sabia disso. A bem da verdade, tinha mesmo sentido um calor por dentro — me dissera —, o sangue batendo mais depressa, numa rememoração de dez anos atrás, quando ele e eu, e mais tantos outros ainda monitores ou estudantes, fazíamos reuniões para discutir política e economia junto a membros de um partido ilegal. Mas depois disso viera o período de repressão militar. Fora tão forte e tão brutal, que quando se começou a falar em abertura do regime, e mesmo quando o general-presidente revogou um ato institucional, símbolo do arbítrio, Carlos Alberto, mesmo então, ouvia-me comentar essas novidades como se de muito longe, numa língua estranha, sem entender bem. Parecia estar escutando mais uma ordem, das tantas havidas, nada que supusesse a sua participação. Como se a nós coubesse obedecer, e pronto. Obedecer ao fechamento, obedecer à abertura.

— Já abriu? — dizia Carlos Alberto, a cara marota, metendo dois dedos dentro do cinto do colega e fingindo mirar por dentro das calças do outro. — Porque se ainda não abriu, é melhor ir abrindo logo, senão o homem te prende e te arrebenta to-dinho. E ria.

Quanto ao manifesto da faculdade, Carlos Alberto não tinha se envolvido. Um pouco por causa do sentimento, comum na época, de não se sentir participante de nada, nem mesmo de uma abertura política que lhe estava sendo pingada em cima da mesma maneira prepotente com que lhe tinha sido roubada. E um pouco porque a sua situação familiar estava ficando muito difícil.

Era então para falar de seus problemas pessoais que Carlos Alberto me pegava pelo braço, na faculdade, convidando-me com frequência para um café. Cochichava, não adesão a manifestos, mas pedidos de licença para pernoitar na minha casa por uns dias, se houvesse necessidade, até as coisas ficarem mais claras na sua cabeça e na da Bete.

Carlos Alberto e eu havíamos sido colegas como alunos e o éramos como professores, num emprego em universidade corrupta e particular que eu, o primeiro a conseguir entrar, arranjara para ele. Ambos sem ter mais o que fazer com nossos diplomas, ele de história, eu de sociologia, e com o nosso desejo (este igual para os dois: impossível) de fazer pesquisas. Quando Carlos Alberto casou com Bete passamos a nos ver menos, pois Bete não gostava de mim nem eu dela. Mas a amizade continuou, pois víamos um no outro o resquício de uma época que prezávamos muito, a de ativistas estudantis. O único resquício, cada vez mais. Cada vez menor e cada vez mais precioso. Na indefinição daqueles anos, agarrávamo-nos a este retrato antigo mas mais nítido do que os de então.

Carlos Alberto desabafava às vezes o seu tédio no trabalho

e na cama. Eu confessava que jamais me casaria. Às vezes saíamos os dois sozinhos. Às vezes os três, nós e Catarina, minha namorada há tantos anos.

Foi Carlos Alberto quem abriu a porta, porque eu estava no telefone. E os quatro homens de blusão de plástico imitando couro, um deles com um papel na mão: se ali era a minha casa. O papel era uma ordem de vasculha e apreensão, e Carlos Alberto ficou lendo o papel, tentando entender o que estava se passando enquanto os homens entravam, nenhuma cerimônia. Eu lá dentro, no telefone com Catarina.

No silêncio da sala onde Carlos Alberto e os quatro homens estavam de pé, escutavam-se claramente — devem ter ficado engraçadas as minhas palavras, ressoando numa sala onde havia quatro homens de blusão e um outro de chinelo, uísque e papel na mão:

— Não, meu bem, não vai dar. Não. — E eu ri, que Catarina tinha um jeito direto de pedir as coisas. — Não é nada disso. Fica para amanhã.

Porque naquela noite eu e Carlos Alberto tínhamos decidido sair de carro, só nós dois, numa rememoração de nossos tempos de estudante, quando íamos em geral pela praia, sem destino além do vento mais fresco da noite, um cachorro-quente de carrocinha, e o rádio ligado em FM.

— Vamos queimar uma gasolina, já que está racionada, já que querem que a gente economize — Carlos Alberto dissera.

Mas quando vi os homens dentro da minha casa interrompi a explicação com Catarina, meus olhos já esbugalhados com a cena tantas vezes já vista e mais ainda pressentida, a mão tampando o bocal:

— A polícia está aqui.

E ela: — Hein?

— A polícia. A polícia está na minha casa. — E desliguei, mesmo porque a polícia já estava do meu lado, com quem você estava falando? E antes que eu respondesse: você é Pedro? E os outros corriam o dedo pelos livros, abriam as gavetas, na cozinha um deles mordeu um biscoito de gengibre que Carlos Alberto tinha comprado, e cuspiu.

O carro era uma perua comum, com chapa particular, e o inquérito era sobre adesões ilegais à greve dos metalúrgicos. Carlos Alberto e eu ficamos mofando três dias no sofá do hall de um quartel; passávamos a noite na cela de um outro local, de manhã voltávamos. E as perguntas sobre a greve no meio universitário, sobre nomes, datas, endereços, alguns dos nomes eram de gente que tinha sumido há tanto tempo e o major lá sentado sabia, e sabia tão bem, como e quando haviam sumido. E os pelos púbicos e a barba coçando com o calor e a falta de banho. E lá atrás o barulho da datilografia, peidos indiferentes. E por que havia tubos de tinta spray no meu apartamento? E por que eu precisava de duas máquinas de escrever? E o que exatamente Carlos Alberto era meu?

E mais tarde o sofá de plástico marrom do hall, que grudava no suor do corpo, e os que passavam sem nos olhar, nós não éramos importantes, éramos um aborrecimento, só. Não éramos importantes, não mais. Já fôramos, anos antes. No dia que seria o último, foi o dia inteiro no sofá, que as perguntas já tinham acabado, mas só de noite é que, como quem faz um favor, disseram que íamos embora.

Devolveram, num pacotinho, o que estava antes nos bolsos de nossas calças e deixaram-nos depois de uma piadinha — não vão agradecer a carona? —, humilhados com a gentileza, eu me sentindo velho para a aventura, nove horas da noite, numa praça do centro da cidade, já deserta. E eu me lembro o quanto a

39

sujeira do chão nos espantou, pois quando passávamos por ali, quantas vezes, durante o dia, não a notávamos. O colorido e o movimento dos pés e rodas a disfarçando.

Fomos de ônibus para casa, tomamos banho, avisei Catarina. Depois houve Bete, histérica, primeiro no telefone, depois ao vivo, perguntando se Carlos Alberto nunca ia crescer. Ônibus, banho e Bete passamo-los em silêncio. Mais tarde, bem mais tarde, na sala com a luz apagada, a porta trancada, enfim fomos parando de prestar atenção em cada pequeno barulho do corredor externo do elevador. Pois, e isso não tínhamos esquecido nem poderíamos, depois de soltos é que vinha o maior perigo, o perigo do rapto, da tortura e da morte. Mas os tempos eram outros, os generais estavam descansados, haviam feito um bom trabalho durante os últimos anos.

Mais tarde então, quando o coração parou de bater tão rápido, na claridade que agora se dividia em duas metades, cada vez mais desiguais: a que vinha pela janela — e que aos poucos deixava de ser a dos lampiões para ser a da aurora — e a que vinha da ponta dos nossos cigarros, pequena e móvel. Então, eu disse ando com vontade de viajar.

Era um segredo meu. Com minha vida de poucos gastos eu estava conseguindo uma boa caderneta de poupança. Era o aluguel do conjugado e mais uma e outra pequena despesa, já que o carro eu pouco usava, sendo a faculdade perto de minha casa. E mesmo na comida eu economizava, indo almoçar diariamente na casa das — e quase agora uso a mesma expressão de Carlos Alberto: mé — da minha tia e minha mãe. Eu sabia de cor, tantas vezes já tinha feito a conta: prestações de uma passagem aérea e algum dinheiro para me manter lá. Não muito, pois hospedagem eu encontraria, tantos os conhecidos que lá eu tinha. Lá era Paris. E o dinheiro dava.

Não sei por que contei isto a Carlos Alberto, já que um dos

prazeres desta viagem era justamente o fato de ninguém saber dela. Se a vingança de Carlos Alberto era construir Pendotiba, a do Brasil construir projetos grandiosos de pontes, estradas, hidrelétricas, a minha era essa viagem. Via-me: eu, pairando sobre as nuvens. Eu, em Paris. Via-me assim principalmente quando estava indo para a faculdade, com os pés nas ruas sujas e estreitas de Botafogo, ou quando ia para a comidinha sempre igual das — vá lá — mé. Gostava de pensar: vou, não aviso ninguém, mando um cartão-postal. O que, é claro, era apenas um pensamento, não factível.

Acho que um dos motivos de ter falado foi a prisão para depoimento. Trataram-nos com correção indiferente. Estavam cumprindo uma burocracia, éramos apenas parte dela. Não nos deram importância. Fiquei então, acho, com mais vontade de rever os amigos da época da minha primeira prisão, eles me olhariam diferentemente, eles sabiam. E sabiam não porque eu houvesse algum dia comentado algum detalhe sobre esta minha primeira prisão. Nunca falei dela com ninguém, tão drástico e ao mesmo tempo tão íntimo seria tal relato.

Sabiam porque tinham vivido algo parecido. Era isso que eu tinha em Paris, ou melhor, o que eu achava que tinha e ia descobrir não ter. Eu, nesta época anterior à viagem, quando me sentia perdido num Brasil tantas vezes estranho, pensava em Paris como quem pensa num espelho.

Esta segunda prisão foi de uma certa maneira uma lição tão importante quanto a primeira. Trataram-nos sem paixão.

Houve momentos em que pensei ver em Carlos Alberto sentimentos parecidos com os meus, dentro, é evidente, das nossas diferenças individuais. Percebi nele a decepção de quem se prepara para um Costa-Gavras e se vê num pastelão da Pelmex. Olhava para mim frequentemente, como quem pede orientação sobre como agir. Carlos Alberto me dava importância. Para ele, eu era o teórico, o estudioso dos movimentos sociais e políticos. Ele acreditava que eu saberia como defender democracia e liberdade.

E no entanto é isso justamente o que eu esperava e ainda espero dele. Que defenda a democracia e a liberdade. Acho que são as pessoas como Carlos Alberto as que realmente impedem a propagação dos regimes de força, tal a distância que há entre eles. Não compartilham, fascismo e Carlos Alberto, sequer a mesma linguagem. Quando um fala, o outro não entende nada.

Nunca disse isso a ele. Tive medo de que não compreendesse, medo de descobrir, desta vez entre mim e ele, o mesmo abismo. O que disse, muito tempo depois desse dia em que fumávamos no escuro da minha sala, foi que achava a história dele, durante os sete anos em que morou em Pendotiba, parecida, um exemplo, uma amostra, um microcosmo, do que acontecia ao Brasil. Pois Carlos Alberto, saído de um período em que estava reprimido por um casamento sufocante, atravessou estes anos em total fantasia. Tudo era possível, tudo estava por ser inventado, e os rasgos de um otimismo ingênuo e de um certo modo irresponsável se sucediam apesar de a sua realidade pessoal contradizer isso a cada instante. Pendotiba, tanto quanto o Brasil, estava em ruínas e hipotecada a um banco.

Perguntou-me logo se eu estava pensando em escrever a história dele. Disse que não, que era apenas uma divagação em cima do assunto que eu pesquisava para uma tese sobre o período ditatorial. Então ele sugeriu um título para tal tese.

— Já sei de um bom título para você. Sete homens e um destino. Os sete homens são Ranieri, Castelo Branco, Costa e Silva, Rademaker, Médici, Geisel e Figueiredo. E o destino é a...
— E disse então uma grosseria banal, mas com tanta raiva que a raiva ficou mais patente do que a superficialidade do impropério. E depois, para variar, riu.

Era sobre isso que eu falava, quando me referia à distância entre fascismo e Carlos Alberto. Uma distância incomensurável, pois como medir um riso?

Se eu tivesse conhecido Carlos Alberto nesta época, jamais me teria tornado amigo dele, é esta a verdade. Éramos amigos porque já éramos amigos, e às vezes nossas diferenças individuais tomavam a dianteira e a irritação entre nós crescia. Mas eram momentos. Bastava um de nós demonstrar de alguma maneira o quanto o outro lhe era importante para irritação e diferenças ficarem esquecidas e o que restar ser sempre a vontade de um ajudar o outro. Nós éramos de uma certa maneira nossa única companhia. Havia Catarina para mim e Bete para ele, mas relaxados e à vontade só nos sentíamos quando estávamos juntos. Depois, muito depois, vim a ter este mesmo sentimento com Tânia.

Acho que falei da viagem a Paris, com ele, também por isso. Para que depois de três dias na prisão, onde ficaram tão patentes nossas diferenças de atitude, voltássemos a nos aproximar, a dividir mais uma vez uma intimidade, nem que esta fosse o meu segredo. Não era bem um convite, mas quase.

O efeito da frase em Carlos Alberto foi instantâneo. Depois dos três dias, o que ele mais estava precisando era de uma oportunidade para dizer porra que legal. E disse. E depois disse mais. Disse que iria também.

Falei que achava bom, sem ter muita certeza disso, mas nos dias subsequentes fui me convencendo de que realmente iria ser bom. Não foi. Nunca mais, nem em Paris nem depois, durante o longo período em que continuamos a nos ver até nosso afastamento definitivo. Nunca mais estivemos tão próximos como naqueles poucos dias que ele passou em minha casa, dormindo no sofá da sala, acordando sempre atrasado — a ponto de eu me perguntar como ele fazia para chegar na hora na faculdade sem a ajuda do meu despertador para acordar elefantes (descrição dele). E que, aliás, podia acordar elefantes mas não ele. Que eu, já vestido na cozinha preparando o café, ainda tinha que chamá-lo em voz alta para que enfim levantasse.

Então os dois trotando rápido pelas ruas de Botafogo até a faculdade, onde chegávamos, eu atrasado pela primeira vez, na vida. E voltávamos juntos, depois de ele também filar o almoço das mé. Ele dizia:

— Mé, me passa mais uma batatinha, por favor. — Com tamanha falta de cerimônia que minha tia e minha mãe, sempre prontas a criticar todas as pessoas, passaram mesmo a gostar de tais visitas.

De noite ficávamos de papo. Catarina há vários anos ia à minha casa às terças e quintas, dias em que saía um pouco mais cedo do trabalho. Em geral trazia frios ou algum queijo. Mais tarde tínhamos o hábito de dar uma parada na padaria, onde comíamos um doce antes de ir para a casa dela, percurso que fazíamos sempre a pé a não ser que o tempo ruim o impedisse. Eu a deixava na portaria e voltava pelo mesmo caminho, quando então tornava a parar na mesma padaria, desta vez para um café. Fazíamos isso há anos.

Pois quando Carlos Alberto estava na minha casa, houve dias em que Catarina ia lá, mesmo sem ser terça ou quinta-feira. Houve dias em que ela disse por que não íamos ao velho motel no Catete, que frequentávamos no tempo em que eu ainda morava com minha mãe e minha tia. Aceitava mais para não ter que explicar uma recusa inexplicável. Mas Catarina era uma mulher estranha. Quando fazíamos amor, ou quando não o fazíamos — o mais comum nos últimos tempos que passamos juntos —, ela demonstrava um enlevo ou, ao contrário, uma apatia, cujos motivos nunca consegui entender bem. Naqueles convites extemporâneos para que fôssemos ao motel do Catete, eu via já a influência da presença de Carlos Alberto.

Quando Catarina não ia à minha casa, ficávamos então só eu e Carlos Alberto a conversar. Melhor dizendo, eu a ouvir Carlos Alberto sonhar.

Criaria perdizes em Pendotiba e ficaria rico. Criaria rãs gigantes num poço que abriria e ficaria rico. E tinha um plano para aproveitamento do lixo e do esgoto residencial para adubo, plano este que poria em prática quando se elegesse vereador. Aliás, deputado, que no terreno fértil da minha sala a carreira política de Carlos Alberto progredia.

Quando saiu do meu apartamento fiquei triste. Ficamos. Não nos dissemos isso, nem o demonstramos, mas acho que nós dois sabíamos que estávamos entrando num período que culminaria com a consciência de que nossa amizade não tinha mais sentido. A velha imagem, conseguida na oposição ao regime militar, não duraria eternamente, por mais que a avivássemos, dois pedaços de madeira esfregando-se mutuamente, em busca de um fogo que já tinha acontecido. Restavam as fantasias, algumas francamente delirantes. E que também, desta vez por puro hábito, tentávamos viver juntos, embora elas fossem mais, muito mais, de Carlos Alberto do que minhas. Mas eu gostava de ouvi-las. Quando as lembranças morreram, assim como a maior das fantasias — na figura de um presidente enterrado e não empossado —, nossa amizade acompanhou-as.

Mas de pé, os dois na calçada, a mala já dentro do carro, disfarçamos nossos sentimentos com brincadeiras sobre nossa próxima ida a Paris, e o Volkswagen foi embora, depois de mais algumas brincadeiras de que não ia, pois custou a pegar. Mas foi.

CATARINA E CARLOS ALBERTO

Foi quando o menino nasceu que Catarina começou a perceber que Carlos Alberto não se interessava por ela do jeito que ela gostaria. Acho que foi no hospital mesmo que começou a ficar claro para ela qual o tipo de relacionamento a que Carlos Alberto estava acostumado.

Antes do nascimento de João, estávamos os três empenhados em reavaliar nossas relações, atentos um ao outro, e isso a iludiu. Catarina pensou ver no Carlos Alberto daquela época um interesse apaixonado quando, na volta dele da Europa, os dois começaram a sair juntos. Viu porque queria ver, pois, conhecendo Carlos Alberto por meu intermédio há tanto tempo, já devia saber que o que ela atribuía à paixão era apenasmente um temperamento afável e uma sociabilidade sempre presente. Acho que seu engano deveu-se também ao fato de seu relacionamento anterior ter sido comigo, que sou muito metódico, o que pode ser confundido com frieza mesmo quando não o é. E, de uma certa maneira, era, pois apaixonado por Catarina eu nunca fui. Perto de mim, portanto, Carlos Alberto realmente ficava parecendo um príncipe encantado. Paciência. Convivi com pessoas seduzidas pelo charme de Carlos Alberto minha vida quase inteira. Catarina seria apenas mais uma delas. Depois de ter carregado o fantasma do que eu fora, ela iria agora carregar o embrulho colorido que Carlos Alberto era.

Não tendo sentido ciúme exatamente, mas só despeito, eu achava engraçado ver nos primeiros tempos os cuidados que ela tomava para não ferir meus supostos sentimentos. Ao falar com Carlos Alberto na minha frente, não dizia palavras particularmente carinhosas e até mesmo no carro falava que, por estar grávida, preferia se sentar no banco de trás onde poderia esticar as pernas. Mas eu percebi que, além disso, havia a preocupação de não se sentar no banco da frente com Carlos Alberto e me deixar, a mim, no banco de trás, onde poderia me sentir isolado ou a mais. Catarina era uma pessoa boa e correta. Eu a admirava. Mas admiração não é pré-requisito para nada e isso acho que Catarina nunca entendeu. Muda, me dirigia olhares espantados onde eu lia: mas eu sou uma pessoa tão legal, veja como eu tenho uma boa influência na tua vida. Por que então você não quer morar comigo? Por que então você não se apaixona por mim? Quando cheguei de volta de Paris encontrei Catarina já grávida e Carlos Alberto preocupado e insatisfeito com a situação na faculdade onde, dizia, estávamos ambos sofrendo um boicote do conselho, por causa de nossas tendências políticas. Depois de uma só visita à reitoria certifiquei-me de que Carlos Alberto não estava exagerando. Tínhamos que procurar outra maneira de ganhar a vida, não havia mais clima para nós lá.

Pensei, nesta ocasião, em aproveitar o fato de que não íamos mais trabalhar juntos para nos afastarmos naturalmente. Achava mesmo que isto seria inevitável, embora o pensamento me doesse, pois voltara de Paris mais solitário do que nunca. Mas não via outro caminho. E provavelmente não havia outro caminho não fosse Catarina inventar um. Era ela a insistir e a procurar pretextos para sairmos os três juntos, embora houvesse situações constrangedoras, como quando encontrávamos velhos conhecidos que me davam, a mim, os parabéns pelo bebê.

Mas, por algum motivo, parecia ser muito importante para ela que continuássemos amigos, eu, ela e Carlos Alberto, os três juntos. Havia nisso um pouco de vaidade ingênua. Ela gostava de espantar as pessoas com a nossa suposta liberalidade, com a nossa, como dizia, mente aberta. E acho que devia haver também insegurança. Não só porque é difícil alguém se sentir seguro ao lado de Carlos Alberto como também porque, bem ou mal, eu havia estado junto dela por tantos anos, ela sentia poder confiar em mim. Enfim, o fato é que continuamos a nos ver, mesmo depois que comecei meu negócio na confecção e que Carlos Alberto empregou-se na editora. Víamo-nos nos finais de semana, quando eu ia a Pendotiba e lá ficava para passar o dia.

Por muitos e muitos anos, passaríamos, desde então, os sábados juntos, sentados no sofá de Pendotiba; primeiro os três, depois os quatro — nós e Tânia.

Desde o começo, talvez conscientes de que nossa situação particular era frágil, dirigíamos a conversa sempre para assuntos não pessoais, para a política. Havia a comédia do poder, em todo o território nacional, com um general-presidente tentando, grotesco, vender uma imagem de pessoa do povo, de pessoa agradável e, para isso, achando que bastava mudar de modelo de óculos: saíram os escuros, marca registrada da comunidade de informações, entraram uns claros, modelo esportivo. Enfim, assunto tínhamos.

Depois que o menino nasceu e que Catarina percebeu na própria pele que o homem em geral e Carlos Alberto em particular consideravam filho um assunto estritamente feminino, tivemos nosso leque de assuntos aumentado. Catarina passou a fazer com frequência discursos e reivindicações feministas, para grande tédio meu e de Carlos Alberto.

O primeiro foi ainda no hospital.

3.

Catarina abriu o olho, um só. Lá estavam as silhuetas de Caloca, Pedro, o médico e um desconhecido que depois ela veio a saber ser o filho do médico e assistente dele. Ela estava contente, pois, no corredor, na maca, tinha enrolado umas palavras, ainda grogue da anestesia, mas dera para que entendessem e respondessem: sim, o bebê tinha nascido bem e era um menino. Catarina abriu um olho contente e tornou a fechar porque o que ela estava vendo não era nada agradável. Caloca com uma cara esquisita de rapaz bem-educado, como se fosse cumprimentá-la, oh, parabéns, minha senhora! Pedro — e ela preferia que Pedro não estivesse por lá, que coisa chata, Caloca e Pedro, lá, lado a lado, eu hein, e ela de camisola, deitada, sem ação, com os peitos enormes. E o médico e, mais um cara? Mais um cara, desconhecido. Ela não tinha sido informada de que ia servir de campo de exploração para aprendiz de médico.

Mas o médico estava falando.

E Catarina tornou a abrir o olho. O médico estava com cara de quem fala com criança, saco, e criança boazinha (não sabia nada de Catarina). Se a dor que Catarina estava sentindo — e ele falava, dava o sorrisinho e botava a mãozinha dele que era pequena, gordinha, com um puta anelão (será que o puta anelão tinha ficado lá o tempo todo?) na barriga dele, que esta sim era enorme, vá mimetizar bem assim no inferno, uma verdadeira barriga de nove meses, gêmeos. Botava a mãozinha na barriga e falava — sem esquecer o sorrisinho nem um momento — se a dor que Catarina estava sentindo era assim do lado — e botava a mãozinha na barrigona —, assim igual a dor de menstruação, mais um sorrisinho.

Catarina parou.

Mas do que ele está falando? O que ele sabe sobre dor de menstruação? Aliás, pensando bem, o que ele sabe sobre ela, sobre mulher, sobre ter filho? Catarina tornou a fechar o olho, desta vez com força.

Mas o médico dizia hein e Catarina tornou a abrir o olho. E agora, ansiosos, olhando para ela, não era só o médico, mas Pedro, Caloca e o outro, todos eles faziam heins mudos com a cabeça, enquanto davam sorrisinhos, impressionante, todos iguais.

O pior, contudo, ainda estava por vir, pois por trás dos quatro sorrisinhos Catarina viu uma mesinha com rosas. Tornou a fechar os olhos, nosso senhor jesus cristo, rosas, puta que o pariu, não. Talvez fossem presente, é isso, um brinde do próprio hospital! Mas não eram. Eram exatamente o que Catarina temia: um presente de marido. Catarina teve vontade de dizer, mas você nunca me deu flores, por que está dando agora.

Catarina então respirou fundo, cerrou os dentes e começou a luta que adotaria pelo resto da vida. Antes virou a cabeça para olhar o berço ao seu lado, onde um embrulhinho rosado dormia. Catarina gostou dele. O menino parecia calmo, dormia. E dormindo continuou quando Catarina, dura, voltou-se para os homens e, para mostrar que nada havia mudado, que eles estavam enganados quando pensavam que a tinham enfim reduzido à sua expressão fisiológica de mãe, de fêmea, quando Catarina, tornando a fechar os olhos, perguntou se a Lei da Anistia tinha sido mesmo regulamentada e que Caloca lesse, em voz alta, as manchetes do dia.

O filho nasceu de cesariana porque a mãe de Catarina já conhecia, na época, um médico do Inamps que provavelmente foi seu amante durante uns tempos e que arranjou tudo para que Catarina e — como a mãe dizia — esse moço não pagassem um tostão, mesmo porque não o tinham. Esse moço quando ela estava de bom humor, porque as variantes eram como é mesmo o seu nome, ou Ped... desculpe. Não que ela gostasse mais de Pedro que de Caloca. Não. Tinha chamado Pedro a vida toda de aquele mato de onde, minha filha, você me desculpe, mas não sai coelho. Não gostava de nenhum dos dois. Tinha sonhado para Catarina petisco melhor.

E o filho nasceu de cesárea também porque Catarina achava que essa história de ficar berrando horas a fio, as pernas escancaradas enquanto toda uma multidão metia mão, olho e sabe-se lá o que mais dentro dela, um programa completamente fora do seu estilo.

A explicação dada para a plateia eram vagas razões de ordem médica. E essa mesma explicação estava sendo repetida agora por telefone para a mãe de Caloca.

— É um menino — disse a voz dele. Catarina ainda de olho fechado, nunca mais abro, sabia que ele falava com a mãe não só pelo alô mamãe do começo, mas porque a voz dele afinava ligeiramente, mais ainda, que grossa nunca tinha sido, toda vez que falava com ela. Eram os bigodes, pensava Catarina, bigodes sempre impõem respeito, principalmente quando são bigodes de mãe.

— É, menino. — Caloca parecia espantado e Catarina não

entendeu por quê. Afinal, as opções não são muitas. Ou é menino ou menina.

Caloca passou o telefone para Catarina que continuava com o olho fechado, para não ver o admirável mundo novo que se descortinava à sua frente, o mundo das mães. Além do olho, Catarina fechou agora o outro ouvido com a mão, que a mãe de Caloca era portuguesa, e se Catarina não prestasse atenção, não entenderia direito o que ela falava.

Não era a mãe verdadeira de Caloca. Era a avó. Caloca era filho da filha desta senhora, a qual na sua juventude tinha sido uma doudivanas — no dizer da mãe-avó —, tendo sido este o principal motivo da vinda da família para o Brasil. O caso é que a mãe (a verdadeira), não se tendo casado com o pai, mesmo porque ele já era casado, os pais da mãe adotaram Caloca como se fosse filho e dele cuidaram depois que a mãe, a doudivanas, a verdadeira, voltou fugida para Portugal e para os braços do amante, mal terminado o resguardo.

Caloca era Carlos Alberto de Sousa Pinto. Mas Sousa com *s*, como sempre que podiam e mesmo quando não podiam os Sousa Pinto frisavam, acrescentando com voz de quem acha esses detalhes insignificantes uma b'steira, que os Sousa com *s* eram de família muito boa, ligada à nobreza, e muito diferentes portanto dos reles Souza com *z*, essa gentalha que inunda as listas telefônicas do Brasil inteiro.

Quando Pedro conheceu Caloca ele gostava de dizer que a vinda da família (se não imperial pelo menos quase) tinha se dado por causas ligadas à ditadura de Salazar. Ele tinha, a reforçar esta tese, o fato de o falecido Sousa berrar tão alto quanto os viras que botava domingo à tarde na eletrola as suas opiniões sobre os políticos, os padres e a *innorância* em geral. Que o *g* de "ignorância" sumia, humilhado pela importância que o *n* seu vizinho adquiria na boca, e principalmente no nariz colossal, do seu dono.

O velho Sousa tinha carro na praça e as vociferações de domingo à tarde eram apenas versões mais caprichadas do que ele repetia a todos os seus passageiros. Isso uma vez tinha lhe causado um contratempo, Caloca indo tirá-lo da delegacia onde um coronel modelo ame-o ou deixe-o o tinha posto. Caloca gostava de contar este fato que abrilhantava o currículo, de resto indigente, do pai-avô.

Da mãe verdadeira, Caloca conseguira, à força de muito insistir, algumas descrições que a mãe-avó dava em voz sumida, antes de lágrimas e marido chegarem: a mãe era linda.

Dela Caloca herdara a pele branca e macia, os grandes olhos negros, os cabelos pretos e cacheados e um ar meio alucinado, meio romântico que fazia dele um professor tão bom. Num gesto muito seu, ou dela, botava as duas mãos cruzadas por detrás da nuca e, mirando um ponto distante (para além d'África?), dizia o que pensava sobre o significante, enquanto suas alunas miravam seus sovacos sempre impecáveis, os músculos saltados de seus braços longos, sob a camisa branca imaculada e levemente transparente deixando-as entrever a mancha sedosa dos cabelos por entre as dobrinhas do tecido. A posição forçada, ao mesmo tempo que lhe ressaltava os músculos, deixava-o parecendo tão indefeso.

Catarina tinha sido aluna dele (além de aluna de Pedro).

Catarina pensava que ia casar com Pedro e, quando terminou o namoro com ele e começou a sair com Caloca, sentiu grande necessidade de explicar a transição para qualquer ouvinte disponível. Quem sabe ela também entendia.

Algumas das explicações, umas dadas aos outros, outras só a ela mesma: um) Pedro representava a imagem paterna, e quando Catarina não sentiu mais necessidade de apoio, o namoro esfriou; dois) Catarina não era o ideal de Pedro, que ansiava por uma chata igual a ele que ficasse a noite inteira discutindo a Revolução Espanhola; três) quando Pedro foi morar sozinho começou a ficar na cara que ele não ia casar nunca com Catarina, pois desculpa de que não tinham onde morar, essa não havia mais; quatro) Pedro desmanchou o namoro e fugiu para Paris porque sempre teve medo de vínculos fortes com quem quer que seja, o que é típico, aliás, das pessoas que curtem uma teoriazinha; cinco) Catarina sempre foi meio apaixonada por Caloca e Pedro desmanchou primeiro só para não dar o braço a torcer; seis) Pedro não tinha imaginação nem durante o dia, o que dirá à noite, já cansado; sete) Catarina era mais para a chatinha; oito) Pedro só sabia fazer papai e mamãe. Catarina não sabia fazer nem papai e mamãe.

Agora, as explicações sobre seu namoro com Caloca: um) ambos se consolaram mutuamente pelo fim de seus respectivos relacionamentos anteriores; dois) eram dois temperamentos que se completavam; três) flertavam há muito tempo, só queriam uma oportunidade; quatro) Catarina era a única mulher que toparia morar em Pendotiba; cinco) Caloca já estava começando a enjoar da vida de solteiro e da necessidade de cozinhar, arrumar suas coisas ele mesmo etc.; seis) Caloca era lindíssimo; sete) Catarina até que era gostosinha, com seu jeito de cama parado, como quem espera orientação.

E havia mais uma explicação, tanto para o fim do namoro como para o começo do outro.

É que Catarina tinha um personagem secreto, um desses amigos imaginários que muitas crianças fazem. Só que o dela evoluiu e continuou, adolescência afora. Chamava-se R. Paradis e o "R." variava tanto — Roberto, Ricardo, Rodolfo — quanto variavam a vida, a aparência e as circunstâncias em que ele aparecia. Tinha sido, na infância, um bichinho de estimação — ora um simples cachorro, ora um ser de outro planeta que se comunicava com Catarina via ondas mentais. Depois foi melhorando de enredo. Tornou-se um homem, mantendo, contudo, da época em que era cachorro, o hábito de se sentar aos joelhos dela. Tinha uma fidelidade apaixonada e uma presença fácil, conseguida com um estalar de dedos, ou, melhor dizendo, com um movimento de dedos. R. Paradis, em geral, era um homem muito bonito que amava Catarina caninamente e que estava sempre presente quando Catarina, perdendo-se em devaneios romântico-eróticos, achava o caminho que a presença dos outros homens, os de carne e pelo, bloqueava. Esses outros homens eram qualificados por Catarina pelo grau de R. Paradismo que tivessem, isto é, quão parecidos eram com o R. Paradis original. Pedro, por exemplo, quando eles se conheceram, tinha um pouco, não muito, e mesmo esse pouco ele perdeu com o tempo. Já Caloca tinha um alto grau de R. Paradismo.

No decorrer da história de Pendotiba, R. Paradis foi adquirindo algumas das características específicas de Caloca, como a pele branca e a voz suave. E Caloca, por pura seleção darwiniana, foi, ao repetir o que dava certo e abandonar o que não dava, ficando cada vez mais parecido com um R. Paradis do qual nem sequer tinha conhecimento. Depois de algum tempo disso, Catarina não sabia mais quem era quem, e acabou por trazer definitivamente para a cama de casal este seu caso secreto. E porque os dois eram um só, não precisava mais haver dois nomes, e então R. Paradis morreu. Ficou só Caloca.

O NOME JOÃO FOI POR DISTRAÇÃO

O filho de Carlos Alberto e Catarina chamou-se João, apesar de tempos antes nós três, conversando no sofá de Pendotiba, termos dito que se nascesse um menino, eles deviam pôr o nome de Márcio José, em homenagem a um juiz que admirávamos, por ter tido a bravura de dizer o que nós todos achávamos: que a União era responsável, e responsável é dizer pouco, pela morte de um jornalista nas dependências do DOI-Codi.

E apesar de João ser o nome do general-presidente então no poder, o que eles não lembraram. Mas João era também um nome simples, um nome de quem não queria pensar muito no assunto. E João ficou.

4.

A bichinha da mesa ao lado soltou uma risada estridente e voltou a dizer o quanto achava bem feito a Beija-Flor ter perdido. E as razões que enumerava, contando nos dedos, perderam-se no meio da bagunça de garçons suando tanto quanto os chopes, gente entrando e saindo, falando alto, areia até em cima da mesa, o bar era uma zorra. E foi a vez de Caloca rir, de pura felicidade. Como era bom estar num lugar onde bichinhas não chamavam atenção e onde o barulho era tão alto que, alegre, ele olhou para Catarina e berrou:

— Hein?

Catarina tinha feito outra pergunta sobre Paris. Catarina queria saber tudo sobre Paris e olhava para ele com seu olhar vagamente vesgo, o que lhe dava um ar de absurda seriedade. O que dizer?

— Lá é tudo *la, le*. Você come *le* biscoitinho, na padaria está escrito: *la tartine*. E então você compra a torta e não uma torta. Entende?

Catarina não entendia.

57

— É *como* se aquele biscoito que está dentro da sua boca fosse o biscoito fulano de tal, o Valter, vamos dizer. E aí você hoje, quinta-feira, comeu o Valter, aquele que foi feito na quarta-feira com a farinha Margarida. Entendeu?

Não.

Mas fazia que sim, devagar, com a cabeça, olhando séria para ele, e então ele fingiu que acreditava que ela tinha entendido, e deixou olho e cabeça se perderem no ambiente.

Certas coisas não se explicam. Como explicar o peso da história, bum, dez volumes de cultura ocidental caindo em cima de sua cabeça, um por um, bumbum (eta rima boa, sou um poeta). Não era só o biscoitinho que era um único, precioso e individual biscoitinho. Cada pedrinha da calçada também era única, precioso exemplar insubstituível de tal ou tal fato histórico, e a chuva não era só uma porra duma chuva chata, era um componente essencial para que as pessoas entrassem no ritual do mau humor, um mau humor aliás que estava longe de ser um mau humor *vulgaris*. Era o famoso mau-humor-parisiense-de-inverno, que atendia também pelo título de *cafard d'hiver*, e que se mantinha o mesmo há vários séculos (muitos mais do que os existentes no Brasil), como atestam as várias obras de arte feitas em sua homenagem, algumas delas expostas nos museus da cidade e do resto. Resto sendo o resto do mundo.

— O pior é que você vai entrando no espírito. Um dia eu fui num restaurante e pedi canelone e veio um canelone. Um canelone, um, no meio do prato. E eu olhei para o canelone e respeitosamente cortei uma das suas pontinhas e comi o canelone devagar, circunspecto, com respeito, até que ele acabou e eu cruzei os talheres. Aliás, cruzar não, que o povo de lá não cruza. Botei garfo e faca juntos como mãos postas, apoiados no meio do prato. E fiquei esperando o garçom retirar os restos mortais, um pouco de molho branco que eu não conseguiria pegar nem que quisesse, e não quis, porque tal atitude não seria conveniente. O garçom levou o prato, também respeitosamente e em silêncio, e eu fiquei ainda alguns momentos afundado em reflexão na cadeira, antes de também me levantar e ir embora. A cerimônia canelônica terminara. Mas guardávamos ainda a emoção de nos ter defrontado, mais uma vez, com a pequenez da existência frente à imensidão aterrorizante do cosmo. Nos despedimos, o garçom e eu, com um aceno de cabeça mútuo mas sem nos olhar. Teria sido insuportável uma troca de olhares em tal estado de emoção. Já no hotel, um pãozinho que sobrara do café da manhã diminuiu a imensidão aterrorizante da minha fome e tranquilizou minha alma de primitivo selvagem. Fui dormir, pãozinho no bucho, plenamente consciente de ter feito um crime de lesa--canelone, algo assim comparável a botar bigodinhos na *Mona Lisa*, e fiquei esperando encontrar quando acordasse de manhã a Margaret Mead em pessoa, lá, ao pé da minha cama, me cutucando com uma varinha, e anotando minhas reações.

Catarina riu, uns dentinhos brancos e os olhos sempre iguais, condenados à seriedade.

Queria mais. O que mais?

Que Caloca, quando chegou no hotel, enjoado do avião mas dizendo que foi o uísque ("falsificado, tenho certeza"), ligou logo a televisão para ver se estavam transmitindo um jogo de tênis, subitamente interessado em tênis. Interessado em qualquer coisa que não fosse aquele espaço sideral, todo ele cabendo nas ruas estreitinhas lá de baixo. Que no aeroporto ainda tudo bem, era um turista, um estrangeiro, todo mundo sabia disso. Mas assim que criasse coragem e pusesse os pés fora do hotel, seria só mais uma pessoa na rua. Que, todos esperavam, devia falar francês perfeitamente e não só as palavrinhas lentas que se esforçara para treinar no avião, com o duplo intento de decorá-las e de esquecer que estava no avião. Além de francês, ele também ia ter que saber perfeitamente para onde ir, que gestos fazer, saber tudo. Caloca aumentou a televisão. Pedro, por seu lado, telefonava furiosamente para amigos, conhecidos, conhecidos de amigos, qualquer pessoa servia. Tinham chegado de manhã, pediram um sanduíche pelo telefone, se disseram um ao outro o quanto estavam cansados, tomaram banho, tornaram a descansar, examinaram detidamente todos os papeizinhos que encontraram no quarto, preço de lavanderia, ramais do hotel etc. e só quase de noite é que Pedro disse: bem, vamos até ali ver se a gente acha um jornal.

E então saíram, vestidos com os sobretudos emprestados que tinham arranjado com amigos, e vestidos também com uma cara fechada de quem estava achando tudo péssimo, porque não gostar de nada tornava as coisas mais fáceis.

Sobretudos grandes, caras pequenas para a alegria que ia crescendo dentro deles e que explodiu num "huh, huh" berrado por Caloca, que deu um empurrão em Pedro. Pedro riu também e esfregou as mãos emendando um "mas que frio cachorro", para disfarçar.

— Olha, é uma puta duma cidade. Taí. Lá, eu morava.

Catarina concordou, impressionada.

Caloca já tinha falado de Pedro, o primeiro assunto, o motivo — pretexto — de estarem os dois ali juntos no bar. Que Pedro sentia, é claro, falta dela. Mentira sua. Sente sim, me disse. Que nada. Verdade, porra, não ia mentir. Sente falta e muita, mas o problema dele é filosófico, você sabe. Ele acha que a vida dele deve ser levada sozinha. É isso. Ele te… vocês falaram sobre isso, não? antes dele ir, de nós irmos embora? Pois então. O caso dele é ter assim de vez em quando uma aventura, como essa tal de Tânia. Uma aventura e pronto. E ele acha que você merece mais, muito mais, entende? Por isso é que ele resolveu se afastar.

60

Bueno, esse assunto espinhoso pelo menos já tinha sido esgotado.

Depois Catarina tinha querido saber das pessoas, dos exilados. Outro assunto espinhoso. Caloca disse que tinha tido pouco contato, o que era verdade. Que depois das duas primeiras noites passadas no primeiro hotel, que era caro, Pedro tinha se mudado para a casa de um brasileiro que sublocava o estúdio dele baratinho e Caloca tinha ido para um hotel também mais barato. E só tinha tido contato com a tal da Tânia e com mais um ou outro amigo de Pedro. E não disse que tinha ido lá achando que ia encontrar verdadeiras estátuas de heróis nacionais e que tinha encontrado gente tão ansiosa e perdida quanto ele, porque dizer isso seria passar recibo de babaca.

Podia contar a Catarina o ridículo da história que Pedro inventara sobre um gato, história esta que ele teria ouvido de um ex-vizinho, exilado em Paris e completamente maluco. Mas chega de Pedro.

E Catarina, baixando a voz, perguntou da mãe de Caloca.

— E em Portugal, Caloca? Quer falar? Se não quiser, tudo bem.

E Caloca, baixando ele também a voz e os lindos olhos pestanudos, disse:

— Não consegui encontrá-la. — E depois de uma pausa: — Deixa para lá.

E quando levantou os olhos, Catarina já esticava a mão para fazer um carinho no seu braço. Eh, eh.

Mas Catarina retirou a mão apressada. Estava certa, ainda era cedo para isso. Mais uns encontros. O bom seria se Pedro mandasse alguma carta bem do jeito dele, fria, doutoral, ensinando ao mundo o seu significado oculto, de preferência com uma referência aqui e ali a Tânia. Aí sim.

Caloca sorriu angelical e disse que estava ficando tarde, melhor irem embora.

61

Saíram os dois, Caloca segurou no cotovelo de Catarina para ajudá-la a atravessar a horda, já francamente bêbada, dessa hora.

EM PARIS, COM TÂNIA

Carlos Alberto voltou bem antes de mim de Paris. Disse que queria ir a Portugal descobrir a mãe. Disse também que, ao contrário de mim, não poderia ficar indefinidamente em licença sem vencimentos na faculdade, já que tinha compromissos como a pensão da ex-mulher, as prestações de Pendotiba. Havia outros motivos.

Havia principalmente um afastamento grande de mim e, sendo eu seu único ponto de referência, sentia-se particularmente sozinho no frio parisiense. Pois logo de começo meti-me com Tânia, e depois as coisas só pioraram. Houve o encontro com um ex-vizinho da época em que eu era criança, morando com as mé. Este encontro me trouxe recordações e suspeitas dolorosas sobre meu pai, e eu passei um bom tempo sem querer a companhia de Carlos Alberto. Aliás, afora Tânia, não queria ver mais ninguém.

A decepção que Carlos Alberto sentiu em relação aos brasileiros que lá moravam foi também a minha. A pessoa, por exemplo, em cuja casa fiquei. Olhava-nos do alto de sua prisão e tortura, agredia-nos com cobranças, com suas alusões e piadinhas privadas que nos excluíam. Uma vez que Carlos Alberto o visitava, disse-nos que devíamos pertencer à oligarquia, já que lá estávamos, turistas burgueses, a gastar um dinheiro roubado do povo. Dei de ombros, já o conhecia o suficiente para não me sentir atingido pelas suas constantes provocações. Mas Carlos Alberto abespinhou-se e defendeu a si e a suas ideias com o ardor com que defendia o Botafogo em campeonato carioca, o que era muito. Tentou contrapor, à agressão do outro, a sua própria prisão para depoimento, o que foi catastrófico, porque em matéria de prisão a do outro ganhava longe. Depois, batendo no peito, citou a condição humilde de motorista de táxi do velho Sousa, sem, é claro, se referir ao nobre mas felizmente insuspeitado s familiar. Enfim, tentou o possível. E saiu batendo a porta numa torrente de palavrões, apagados pelas gargalhadas altíssimas do meu anfitrião. Lá, Carlos Alberto não pôs mais os pés.

Mas mesmo nos bares e em outras casas de brasileiros onde nos encontrávamos, nossa convivência não era tranquila. Carlos Alberto insistia em falar de Catarina. Não que Catarina já fosse nesta época muito importante para ele. Mas este era um aspecto de nossa velhíssima competição. Carlos Alberto gostava de conquistar minhas mulheres. E nunca notou que ao ganhar, triunfante, tal competição, se tornava aos meus olhos um perdedor.

Pois então a ele lhe dava prazer falar de Catarina e a mim também. Ele no preparo da conquista, eu na antecipação de mais uma oportunidade de perceber seus limites. Enfim, coisas de nosso relacionamento. Não eram o aspecto dominante, nunca o foram. Mas existiam.

Carlos Alberto falava de Catarina, eu falava que nada mais tinha com ela, e citava Tânia como prova suprema — e fico mesmo pensando se minha inusitada presteza em me atirar nos braços de Tânia não tinha como um dos motivos minha necessidade de mostrar definitivamente que nada mais esperava de Catarina. Essas conversas entre mim e Carlos Alberto sobre Catarina não eram as primeiras. Muitos anos atrás houve outras, quando eu dizia a ele que havia uma aluna chamada Catarina que estava flertando comigo em sala de aula e Carlos Alberto me perguntava se era gostosinha e, se era, por que eu não comia logo e deixava de frescura.

Além desse pequeno joguinho de gato e rato em relação a Catarina apareceram outros motivos de irritação entre nós. O maior deles oriundo do relato do meu ex-vizinho. Este homem, ao ser preso em cárcere privado pelas forças da repressão, reconheceu lá um gato de estimação que tive em criança. A história me chocou muito, e mais chocado fiquei quando Carlos Alberto sugeriu que eu estava dando uma importância despropositada a invencionices de matusquelas, com o único intuito de eu também ter um caso interessante para contar, para que eu também tivesse um drama na minha vida insossa de pequeno-burguês. Respondi-lhe que quem fazia isso era ele próprio com sua tão decantada mãe-aventureira-portuguesa e ficamos sem nos falar alguns dias.

Depois nos demos tapas um nas costas do outro e o assunto ficou para trás, mais um.

Carlos Alberto voltou para o Brasil mais cedo, então, por causa dessas nossas discussões e também porque pequeno-burguês era ele que temia perder o emprego, baloiçante desde a nossa prisão. Ao cruzarem conosco nos corredores da faculdade, nossos colegas, polegar para cima, diziam repetidos "aí, hein!" que pareciam um cumprimento de cúmplices mas que eram um apontar de pássaros pintados.

Por causa disso tudo e também por um dia em que Carlos Alberto perdeu a sola do sapato na Place des Victoires e teve que seguir com um só pé calçado pelas ruas desconhecidas, se sentindo só, bobo e malvestido. Por causa disso tudo, então, Carlos Alberto, depois de um mês, falou que ia voltar. Inventou compromissos inadiáveis e confidenciou de um em um, mas para todos, sua intenção de conhecer a própria mãe, a doudivanas, o que era uma história definitiva, que deixava o ouvinte mudo e vencido com tanta dramaticidade da vida real, mesmo sendo, como o eram, ouvintes escolados em outras tantas dramaticidades vividas. Uma delas — e não a menor — sendo a falta de consciência, de todos eles, de sua própria insignificância de exilados. Eram milhares de exilados, latinos, africanos, asiáticos — os exilados de Paris, todos empenhados nos mesmos jogos de sobrevivência (quem conseguia gastar menos dinheiro) e nos jogos de poder (quem conseguia ter acesso mais rápido e em maior quantidade à informação). Eram informações falsas e o economizar mais um vício do que uma necessidade, ambas as coisas delatadas na primeira festa, das muitas que sempre havia: o que se ouvira era boato, o que se economizara era só pelo prazer de economizar, e lá se gastava, em bebidas, em roupas, em novos boatos.

Tânia vivia no meio deles. Ela tinha a mesma brusquidão de Catarina, mas Tânia era mais feia, os homens achavam ela feia. As relações amorosas que teve comigo no hotelzinho da Rive Gauche foram as suas únicas. Nunca mais, nem em Paris, nem no Rio e muito menos depois, já doente, em Vitória, ela teve ânimo ou interesse em arranjar algum parceiro sexual.

Tânia não era exatamente uma exilada. Seu nome tinha estado numa cadernetinha errada e vieram apanhá-la no conjugado que seu pai pagava para que ela pudesse fazer a faculdade no Rio. O pai era advogado em Vitória. Nesse conjugado, Tânia abrigara, uma semana antes, um rapaz do cineclube que, depois ela soube, estava envolvido mais do que pensara na política da União Nacional dos Estudantes. Quando foi presa, ela achava que era por causa deste rapaz. Mas não era, era por causa da cadernetinha e do dono dela, uma pessoa que Tânia mal conhecia.

Pois levaram-na e mandaram-na tirar a roupa e enfiaram sua cabeça num saco de aniagem cheirando a laranja, que amarraram no seu pescoço. E levaram-na nua por um corredor comprido e cheio de homens que riam, para uma outra sala onde começaram as sacanagens, as ofensas e as ameaças. Ficaram nisso e depois de uma noite mandaram que ela fosse para casa e ficasse quietinha. E mais umas safadezas e lembranças ao papai advogado.

Tânia era feia e durante todo o tempo ficava pensando que

se fosse bonita as coisas teriam sido mais fáceis, ela não teria se sentido tão grotesca. Depois, nos dias que se seguiram, ela foi ficando com a impressão de que os mesmos homens, da sala, do corredor e da outra sala, os mesmos homens estavam sempre por perto, nos ônibus, nas ruas, homens que ela não reconheceria — já que estava com o saco de aniagem cheirando a laranja na cabeça, mas que saberia ser quem eram por causa de risinhos que Tânia achava ouvir. E ficava esperando escutar também, depois dos risinhos, algum comentário sobre como ela era peluda, gorda, cheia de cravos nas costas e tudo o mais.

O passaporte estava pronto, conforme era costume naqueles anos, pegou o dinheiro do pai no banco e foi para o aeroporto. Enquanto esperava, na fila do check-in, viu um homem no balcão que olhava para ela. Urinou-se de medo na calça jeans e foi cheirando a mijo que desembarcou no Orly, uns endereços na cabeça ("não escreve, decora"). Num desses endereços nos encontraríamos, muitos anos depois. E tivemos nosso rápido caso. Tivemos nosso caso e Carlos Alberto disse:

— Pensando bem, se alguém fosse trepar com essa tal Tânia só podia ser você, useiro e vezeiro em arranjar mulher esquisita. — E continuou, dizendo nunca ter me visto com moça bonita, maquiada e vestida com roupa da moda. Catarina sendo uma exceção, apressou-se a acrescentar.

Catarina era de fato uma exceção mas não muito, pois durante a época em que namorávamos Catarina usava cabelo mais curto do que o meu e fumava cigarrilhas fedorentas, tentando assim por identificação vencer a inibição que lhe dava a presença de um ser masculino. Masculino mas não muito, que eu — como sempre se encarregava de explicitar Carlos Alberto — sempre fui magro, delicado mesmo. Mas a inibição vinha do fato de Catarina ter estudado em colégio só de meninas, e de eu ter sido seu primeiro namorado.

Eu e Tânia nos encontrávamos no hotelzinho da Rive Gauche onde ela havia se instalado há tanto tempo que já o considerava sua casa. O hotelzinho era torto, o chão inclinado, acabando em paredes também por sua vez bem tortas, o todo parecendo querer chegar num salto à esquina da Rue Bréa, e quanto mais alto o andar (tinha cinco) mais inclinado o chão ficava. Tânia se mudara dum quarto do quarto para o terceiro por causa disso, mas a diferença, conforme me contou, era pequena. No canto mais alto do quarto, o dono do hotel tinha mandado fazer um tabique de madeira que ele chamava de *salle de bains privée*, que custava uma nota, e que era um luxo a que Tânia se dava. Para evitar que a água da *salle de bains privée* fugisse atrás do resto todo do hotel para a ruela lá fora, o dono havia instalado um ralo em lugar estratégico.

Pois quando Tânia e eu estávamos na cama, Tânia ficava com a impressão de que lhe faltava um ralo desses e que eu, irremediavelmente atraído pelo inclinado do ambiente, iria saindo para fora da vagina, na virilha, no lençol, e finalmente no chão e até na rua, onde haveria de cair sem nem sentir, como um ioiô. Tânia tinha certeza disso, e ficava tentando compensar, com o resto do seu corpo, a falta do ralo adequado.

Quando a relação acabava, eu e Tânia fingíamos dormir. Tânia já toda coberta, que a primeira coisa que fazia assim que eu saía de dentro dela era dizer: que frio — e se cobrir toda e virar a cabeça para o canto da parede, já que cobrir a cabeça, fosse com o que fosse, estava fora de questão. Eu ficava, olho fechado, ouvindo a respiração de Tânia, a minha própria, o barulho do encanamento centenário, o vento do inverno, lembrando-me de outras noites, em outras viagens, quando criança e em visita a meu pai, também ficava horas ouvindo o barulho do silêncio.

Tânia na verdade nunca contou nem a mim nem a ninguém como foi realmente a sua estada na prisão. O que eu disse

acima é uma parte do que acho que aconteceu, a partir de pequenas alusões, frangalhos catados aqui e ali. Acho que houve
mais, eu nunca soube. Entendia-a, era igual. Nunca disse a ninguém o que aconteceu durante minha primeira prisão, ainda na
época de estudante, a experiência sendo ao mesmo tempo muito
íntima e muito açambarcante para poder ser reduzida a palavras.
Era isso que nos unia e une até hoje: o silêncio.

Já fazia algum tempo que Tânia estava sentada ali. Agora,
o gosto na boca da cebola da salada começava a incomodar, e
Tânia pensava se devia ou não devia comprar mais um pãozinho, para ver se conseguia adormecer dentro da massa mastiga-
da, a cebola. Um pãozinho era cento e cinquenta calorias. Tânia
se sentia quase dormindo, ela mesma dentro de outra massa dis-
forme, a do bar. Ela era assim, quando ficava tensa, depois dava
um cansaço grande, nas pernas, pálpebras, nuca. Ela estava há
tanto tempo sentada na mesma posição que arriscou uma olhadinha para o braço direito que parecia não existir mais, para ver
se ele continuava ali. Velhice. O ruído das mesas vizinhas a em-
balava. Como gostava daquele lugar. Ia sentir saudades depois,
tinha certeza. Por ser cafeteria de escola, o lugar tinha um ar de
displicência, e Tânia sabia que lá podia fazer qualquer coisa, se
vestir do jeito que fosse, dormir, berrar, suja, arrumada ou não,
que ninguém prestava atenção nela. Já que todos, os que lota-
vam as mesas vizinhas, o argelino da caixa, todos eram anônimos
malucos, e os que não eram se esforçavam para parecê-lo.
A cafeteria era suja, não tinha garçom, e uma placa dizia:
défense de, e o que era proibido estava tampado por uma enorme cabeleira afro que no momento se inclinava para trás numa
gargalhada. Mas Tânia já sabia de cor o que era proibido: era
proibido ter mais que cento e setenta e três pessoas no local. Tâ-

nia odiava os franceses. O único defeito da cafeteria era que às vezes um francês vinha se sentar à sua mesa. Era a infiltração do hábito americano de sentar em mesa já ocupada. Tânia sentava numa cadeira, punha os pés na outra, na terceira jogava suas coisas e ficava olhando o vazio para ver se as pessoas se constrangiam em vir, *excusez-moi*, se sentando e acabando com qualquer possibilidade de Tânia voltar a curtir sua paz. Ou melhor, sua angústia, que Tânia — há tanto tempo — se perguntava todos os dias se ia ficar naquela terra, se ia embora.

A anistia a crimes políticos tinha sido sancionada na semana anterior e agora a pergunta ficava mais e mais tensionante. As desculpas iam caindo, se não voltasse ficava claro que estava fugindo de uma porção de coisas (e nessa hora ela se perguntava como estaria Pedro), o telefonema do pai naquele dia de manhã a tinha deixado banhada em suor, que o fraco sol do agosto parisiense transformara em arrepio. E as pernas tremendo vieram desabar na *eau de Vichy* com limão, no anonimato e na insignificância de sua mesa de canto, a preferida. Como se mudasse muita coisa, a anistia, como se essa dúvida não fosse a mesma de sempre, pois motivo exterior, objetivo, dizível, enfim um processo judicial, nunca tinha havido para que entrasse no jato da Air France, a calça jeans cheirando ao mijo do descontrole, o passaporte da paranoia sempre pronto, e o dinheiro do pai.

No telefone, o pai dizia que já tinha mandado pôr a escrivaninha dela no escritório dele, que era só começar, depois com o tempo se regularizaria a questão do diploma e tudo o mais. O pai estava telefonando não de casa mas do escritório de advocacia. Como sempre, terminou o telefonema dizendo que a mãe mandava um abraço, sem explicar por que então não telefonava de casa, para que a mãe pudesse mandar o seu abraço pessoalmente.

Mandaram ela tirar a roupa e botaram a cabeça dela num saco de aniagem cheirando a laranja. E aí foram com ela para outra sala, onde lhe davam safanões e ameaçavam do que iam fazer: iam jogá-la no mar de helicóptero, ou misturar seu corpo com o concreto das fundações da nova sede de uma estatal. Se ela não dissesse onde estava o fulano. Mas o que estava surtindo mais efeito não eram as ameaças, era a vergonha de estar nua, e então mudaram de safanão para safadeza. Tinham chegado até ela pela cadernetinha de um colega da faculdade, e não sabiam do rapaz que pernoitara no conjugado.

O prazer de enganá-los foi o que lhe deu forças para dar os primeiros passos ainda no corredor do segundo andar do quartel, uma vontade pânica de olhar para trás mas, dura, olhando para a frente, para a enorme escadaria de mármore antigo que a levaria para a rua, para a mercearia da esquina, o controle imperioso dos joelhos, não fosse cair de tanta tremedeira, a pressa ao cruzar com as outras pessoas no corredor (quem seriam? "eles"?) que a diarreia já se anunciava por cheiros humilhantes e, finalmente, uma vez fora da marquise externa, o sol que aplainava tudo.

O mesmo prazer em tê-los enganado quanto ao rapaz do cineclube fez com que no começo de sua estada em Paris puxasse conversa, numa verborragia que não era a sua, com os outros brasileiros. Mas isso só no começo, que depois Tânia foi recaindo no seu habitual mutismo. Quando ouvia português, não só nos bares que frequentava, na escola, no metrô, na rua, mas até mesmo na casa segura de conhecidos, não se mexia, continuava quieta, sem nome, gostando tanto de não ter nome.

— Tânia?! Isso não é um nome, é um codinome. — E Pedro sorriu.

Pedro e Tânia tinham trepado por uns tempos, pouco tempo. Tânia tinha querido constatar como seria, só isso.

5.

— Que saco. Aqui estou eu com os ouvidos surdos, amarrado nessa cadeira que nem peru que vai para o forno, tendo que procurar uma mãe em Lisboa. Puta que o pariu, só eu mesmo.

E Caloca comeu mais um biscoitinho da bandeja, já sabendo, pelo biscoitinho anterior, que não era bom.

E o vizinho do lado era japonês. Tinha dormido a viagem inteira sem tirar os óculos, e agora remexia na pasta preta papéis importantíssimos. Caloca se perguntou por que será que japonês sempre tem papéis importantíssimos dentro de pastas pretas.

E essa porra de viagem que não acaba, tinham me dito que era curta.

— Ô por favor.

Ô por favor. Meu Deus, que decadência. Estava ficando bem-educado. Mais umas duas viagens de boeing e ia passar a chamar garçom de botequim de hum, hum, o indicador levantado apenas até a altura do peito, e um olhar autoritário.

— Será que dá para mais um cafezinho?

A aeromoça era já meio velha, a mãe doudivanas já devia

ser bem velha. Uma daquelas portuguesas de bigode, ela teria herdado da mãe-avó os bigodes, e do pai, do velho Sousa, os pelos num nariz colossal. Nariz grande e bigodes. Besteira, ela era linda.

A mãe — não a aeromoça, que lhe entregou o café com um sorriso, ambos gelados, já estava na hora de aterrissar.

Mamãe, mamãezinha, cá estou eu, o seu filhinho. Filhito.

A senhora é dona Maria do Carmo? Olha, sente-se, sente-se. Tenho uma notícia para lhe dar (lembra-se daquele aborto? — tem cada piada cretina).

Por que você não me levou junto, porra? Eu teria gostado tanto.

Está bem. Não teria bigodes nem nariz colossal, porque aí já não seria uma mãe, seria uma comédia do Groucho Marx. Mas teria uns sessenta anos, estaria vestida como as mulheres de sessenta anos se vestem no seu país, de cor escura, um vestido deselegante, de onde sairiam duas pernas bem cabeludas. E ela seria baixa — e isso era uma informação objetiva arrancada da mãe-avó — e com a idade teria engordado, as ancas largas. Caloca fez um movimento com o copo, indicando ao garçom do bar do hotel que queria mais um uísque.

O caso é que Caloca ficou tomando uísque no bar do hotel em Lisboa até achar que não dava mais para ver mãe nenhuma e foi dormir, e no dia seguinte acordou tarde e disse calma, calma, primeiro um café, e foi tomar café, e depois também, que diabo, queria dar uma voltinha na cidade, e então descobriu que não tinha jantado no dia anterior, e que precisava comer algo tipo um bom bife para se manter de pé. Quando deram duas horas ele se achou um poltrão, uma pessoa fraca, desprezível, e chamou um táxi e disse vai correndo que eu estou morrendo de pressa, já com a bagagem de mão (a grande tinha ficado num *locker* do aeroporto), que de lá ele ia ter que ir direto para o aeroporto. O avião saía às cinco.

Na mão suada, já manchando a tinta fraca das letras redondas, o pedacinho de envelope, achado no meio dos papéis do velho Sousa. Era só o pedacinho, entre cartas de outras pessoas, fotografias desbotadas, caiu no chão quando Caloca arrumava a gaveta do defunto. O pedacinho dizia Rem. M. do Carmo S. Pinto, Avenida de Berna 19, 2ª esq. fundos, Lisboa. E Caloca tinha repetido o endereço para o motorista sem entender esse 2ª esq. o que seria. Segunda esquina, que maneira estranha, e Caloca sentiu um frio na espinha ao pensar que até mesmo em Lisboa havia diferenças tão grandes entre ele e as pessoas. O táxi entrava numa zona comercial.

Mandaram Caloca seguir por um corredor comprido, de azulejos e luz fluorescente acesa apesar do sol lá de fora, mas é que o corredor era comprido e sem janelas nem portas, só uma, nos fundos, realmente nos fundos. Caloca bateu, com os nós dos dedos, que doeram. A outra mão segurava uma maleta de plástico esportiva onde tinha a escova de dentes, a roupa suja, e a bolsinha menor: passaporte, dinheiro e uma fotografia da mãe--avó que no último momento, antes de sair do Rio, tinha pegado e enfiado na carteira. Seria um assunto. Caloca trocou a sacola de mão, demoravam a abrir, ele já estava todo suado. Estava se sentindo ridículo. E quando mexeram pelo lado de dentro da maçaneta, Caloca sentiu doer o corpo todo, na dobra do cotovelo, no peito, no joelho, a testa pesou. E aí ela abriu.

O sol do lado de fora cegava-o e ele andava quase correndo, batendo com a maleta nas pessoas, tropeçando, todo suado, andou um bom bocado até que achou que estava seguro, e aí se apoiou um instante num muro antes de enxugar o suor da testa com a mão, o suor do pescoço, se agachou um instante que as pernas não aguentavam. Depois, já melhor, foi para a beira da calçada chamar um táxi.

Disse aeroporto e encostou a cabeça na parte de trás do assento, e foi nesta posição que recolheu as suas últimas imagens de Portugal, invertidas, no reflexo do vidro traseiro. A mãe era linda.

Caloca bateu na porta e ela abriu. Ela era uma mulher de cabelos grisalhos malcuidados, presos num coque severo, baixo, quase na nuca, mas que deixava alguns fios soltos, como uma possibilidade, sempre presente, de fuga. Ela era baixa, mais baixa do que Caloca imaginava, e ela tinha feito pouco, que pena. Esse era o pedaço de mãe que Caloca teria para o resto de sua vida, e era pouco, ela não tinha feito muito. Era uma mulher de cabelos grisalhos que tinha mantido uma mão na maçaneta enquanto a outra tinha ido da posição de descanso — paralela ao corpo — até a cintura do lado oposto, o lado da mão que estava na maçaneta. E lá tinha ficado, a mão pousada, o braço envolvendo a parte da frente da cintura e do vestido, de um estampado miúdo. Era isso que Caloca tinha, esse movimento de mão que vai até a cintura e para. Caloca refez mentalmente o movimento, em câmera lenta.

Era ela. Os olhos pretos, pestanudos, os dele.

Caloca tinha se deslumbrado com esse achado, que foi um achado lento, só aos poucos ele notava que conhecia os olhos dela porque eram os dele. Algo dele em outra pessoa.

Caloca tornou a sorrir, agora para o teto do táxi. O mesmo sorriso que lhe tinha vindo ao vê-la e estático ficar, só sorrindo, maleta na mão, olhando seus próprios olhos nos olhos dela, antes de subitamente dizer desculpe. E abaixar os olhos e repetir, desculpe, foi engano, e sair rápido de volta pelo corredor mas antes do fim — tão comprido o corredor — virou-se e ela continuava na porta, na mesma posição, olhando-o séria, sem demonstrar nada, nada, nem espanto, nem curiosidade, nem indignação. Só olhava-o, altiva. Caloca ficou parado um tempão, os dois se olhando à distância na luz fria do corredor azulejado e limpo. Caloca fez, ou pensou que fez, ou ela pensou que ele fez, um movimento de quem ia se aproximar outra vez. E ela então fechou a porta.

Caloca virou-se lentamente para a saída, e saiu.

Na rua e no sol veio-lhe a ideia insuportável de que ela talvez viesse até a rua para vê-lo mais uma vez de longe, espiá-lo com seus olhos roubados, e ao invés de esperar táxi em frente, Caloca fugiu quase correndo pelas ruas movimentadas.

O táxi vinha vindo e Caloca automaticamente esticou a mão, mas depois fez sinal que não, que não. E voltou-se, e com cautela, olhando bem antes de completar a virada na esquina, devagar, Caloca voltou. A papelaria que funcionava em frente continuava a mesma. Caloca ficou alguns minutos parado na frente dela, sem ligar que o rapaz que primeiro tinha lhe dado a informação sobre o corredor azulejado o reconhecia e o olhava de vez em quando, curioso. Caloca ficou alguns minutos parado. E depois se sentiu muito cansado e velho e continuou o caminho, passando pela frente toda da papelaria, pela pequena porta lateral cujo interior a luz do sol, mais forte que a lâmpada fluorescente, o impedia de ver; deixou-a para trás, a porta, a mãe, continuou, como quem descobre aos poucos para onde vai, agora menos devagar, continuou a andar, a maleta pesando, e andou bastante, agora mais firme. Os primeiros passos os mais difíceis, depois você continua. Mas estava cansado e, de qualquer maneira, tinha mesmo que ir para o aeroporto. Então chamou um táxi enquanto abria e fechava a mão, várias vezes, porque estava dormente.

75

Disse aeroporto e encostou a cabeça na parte de trás do assento.

Catarina perguntou como é que estava Portugal, agora que a revolução tinha ido para a cucuia com aquele vaselina que se dizia socialista, e Caloca respondeu pois é, porra, mas está melhor do que aqui e Catarina concordou, grave, com a cabeça. Catarina queria saber também como é que era em relação à sua mãe. Se ele estava realmente bem, apesar de não ter conseguido encontrá-la, e Caloca respondeu que chega de mãe senão daqui a pouco ela ia acabar num sofá de cenário, aos beijos com o Paulo Autran plim, plim. E Catarina riu, gostava de Caloca.

Caloca também gostava de Catarina, do seu jeito sério até de rir, palavra de rei não volta atrás, não se atrasava nem cinco minutos quando marcavam encontro e lembrava de trazer livros que ele tinha pedido e esquecido. Casaram, ou melhor, juntaram no melhor estilo anos 60, paz e amor bicho, embora não estivessem de há muito na década de 60, e observavam a vinda de mais um general-presidente que nada tinha com paz e amor, o quarto? o quinto? Na solidão de Pendotiba, para onde pouco a pouco Catarina levava um dia umas roupas, no outro uns discos, eles perdiam a noção, não só da quantidade de generais, mas de como era antes. Para lembrá-los, de vez em quando vinha carta de Pedro, endereçada para a caixa postal, que em Pendotiba não havia serviço confiável de correio, e nem telefone e nem muita outra coisa, e Catarina, quando acabou de levar todas as suas coisas, e nem eram muitas, botou a mão na cintura, no meio da sala, olhou em volta, e ficou pensando. E agora, porra?

Enquanto Pedro não chegava, o tempo foi passado em arrumações que para os outros não pareciam adiantar muito mas que deixavam Caloca e Catarina satisfeitos. Catarina foi tomando conta das coisas dum jeito que Caloca gostava. Ela não dizia tem que consertar isso ou aquilo. Ela ficava olhando para a coisa durante bastante tempo e depois dizia:

— Aqui, nesse desmoronado do murinho, vamos botar essa lajota que sobrou do piso, que o buraco vira churrasqueira.

E, em homenagem a um amigo morto que fizera igual antes, serviu a uns colegas de Caloca que tinham ido lá conhecer a casa uma feijoada num bidê, sobra da obra, e que tinha estado jogado por lá antes de ela pegar, lavar e entronizar, com o nome do amigo morto caprichadamente escrito em pilô, na toalha posta em cima de uma tábua, na futura varanda que ainda não o era.

E ficava faltando Pedro para acentuar mais o clima que se infiltrava mais e mais nas suas vidas, que era o do descomprometimento. Pedro presente quebraria a rigidez do binômio marido e mulher. Mas Pedro escrevia cartas sobre o significado do fim da aventura imperialista francesa no Chade. Ficasse Pedro por lá mais um pouco e se tornaria um chato francês perfeitinho, se disseram rindo Caloca e Catarina. Dos que escrevem cartas reclamando aumentos de um por cento ao *Le Monde* e xingam turistas americanos na rua. E para salvá-lo de destino tão cruel, Caloca e Catarina escreviam de volta dizendo como a casa estava gostosa, e que na mesa havia três cadeiras.

Pedro lia as cartas sabendo que era para lá e para isso que ia voltar. E enquanto não voltava ficava olhando o vazio com Tânia. Depois que Caloca foi embora e mesmo antes, quando da sua visita ao ex-vizinho, o da história do gato, Pedro tomou o hábito de ir com ela na cafeteria de sua escola, onde ficavam os dois, um copo na frente, olhando o vazio e deixando que o francês entreouvido das outras mesas se tornasse um ruído contínuo, não identificável. Quando a dormência na perna ou braço, ou qualquer outro motivo os obrigava a mudar de posição, sorriam um para o outro, constrangidos com a consciência súbita da presença do outro, e se espreguiçavam, faziam um comentário qualquer, superficial, e diziam até amanhã, já na rua. E no dia seguinte repetiam.

Era assim que Pedro gastava seus últimos dias de Paris. De vez em quando trepavam, e, mesmo aí, o faziam sem muitas palavras, em silêncio, como quem faz um trabalho que vai durar a vida inteira.

Ouvindo as vozes na cafeteria, Pedro lembrava-se das reuniões que o pai fazia com os seus — como chamava — colegas de farda. Falavam eles também uma língua estranha. Pedro guardava poucas lembranças da infância. Era filho de pais desquitados, o pai tinha sido militar antes de se reformar e virar assessor de alguma (nenhuma) coisa. A família mudara-se várias vezes, e uma de suas lembranças mais fortes era uma que ele sabia ser na verdade não uma lembrança única mas a mistura de várias lembranças parecidas: a de um caminhão de mudanças, estacionado, e o ruído seco de sua porta traseira se fechando.

Havia a lembrança olfativa do sabão feito em casa, pela mãe, em grandes tachos de sebo e potassa de uma casa velha, um dos lugares que havia durado mais. Uma vez, com Caloca, tinha pensado sentir cheiro igual, e Caloca imediatamente tinha dito que o sabão era a madalena proustiana da infância dele. O que dava a exata medida de quanto um lugar-comum merecia ser mal-empregado. Pedro falou isso, Caloca mandara-o à merda.

Pedro sentiu saudade de Caloca.

E havia mais uma lembrança, a lotar as tardes da cafeteria. A do gato malhado.

Mas, cansado de tantos silêncios e de tantas reminiscências de infância, Pedro acabou por voltar, uns tempos depois.

Despediu-se de Tânia com a sensação pesada e doce de que era uma despedida temporária. Deu a ela o endereço de Pendotiba, o telefone das mé. Era para lá e para isso que voltava.

Mas não encontrou Pendotiba e casa das mé do jeito que esperava. Catarina, grávida, começava a olhar a casa, sempre descrita tão favoravelmente nas cartas, com olhos rancorosos. A subida da entrada, principalmente, tinha deixado de ser poética e se tornado um sacrifício. E Caloca, por sua vez, também estava nervoso, dizia ele que com a situação na faculdade. Ele sabia que no final do semestre ia ter que sair, e não tinha ainda muito para onde. Ele se queixava, pela primeira vez na vida, de falta de dinheiro. Dizia:

— Porra, Pedro, quando a gente era monitor a gente ia comer bolinho de bacalhau. Bolinho de bacalhau, homem! Tenta fazer isso hoje!

E depois se desdizia amargo: é claro, Pedro tinha mais dinheiro que ele, e ainda mais agora, que ia morar de graça na casa das mé.

Uma das mé, a tia, estava com um problema no olho, enxergava umas estrelinhas ao entardecer.

— Estrelinhas?

— É, foi assim que ela descreveu.

— E você queria que fosse o quê, ao entardecer? ha, ha.

Pedro não ria. Hospedado (só até arranjar um lugar, explicara), ocupava um lugar que tinha sido mantido como seu e que ao mesmo tempo era tão pouco seu. No quarto, igual desde o tempo em que lá dormia, menino, Pedro achou na estante uma revista que envergonharia qualquer intelectual.

— E pensar que eu já li isso.

— E eu que gostava do Pat Boone.

No sofá de Pendotiba, Pedro descansava das mé e do seu clima sufocante. Sábado era o pior dia. Durante a semana ele saía, uma coisa ou outra, e também porque estava vendo com uns amigos a formação de uma firmazinha de confecções. Cinco conhecidos, todos eles profissionais liberais desempregados. Quando chegou, soube da firma e se ofereceu para ser o sexto sócio. Aos domingos quem saía eram as mé. Missa de manhã, visitinhas à tarde. Aos sábados, não fosse Pendotiba e Pedro ia se arrepender mais do que já se arrependia de ter ido morar lá, que o clima opressivo das mé era aumentado pela proximidade da ex-casa do ex-vizinho. No sofá de Pendotiba, Pedro, Caloca e Catarina chegaram à conclusão de que Pedro devia fazer uma terapia para resolver de uma vez o problema do gato. E durante esse primeiro período, antes de a firma ficar pronta, antes de aparecer a namorada portenha de Pedro, nesse primeiro período de Pendotiba, Pedro chegou a tentar uma terapia em grupo que não durou muito. Sentia-se deslocado no meio de tantas mulheres, o grupo, tirando ele, mais um e o analista, era só de mulher, tantas mulheres, todas elas recém-saídas do banho e tão arrumadas. Que o horário da sessão era quartas-feiras, três da tarde.

A confecção, o novo emprego prometido a Caloca (arranjado por Catarina), o recomeço tão lento das atividades políticas no país, os papos de Pendotiba e, depois, Rosário, tudo isso foi diminuindo, mais que a terapia, a importância de gatos e passados.

O COMEÇO DE PENDOTIBA

Vejo essa primeira fase de Pendotiba como o começo da consciência da ruptura com o passado. Iríamos vagar sete anos sem passado e buscando o futuro. Nós e o Brasil.

A fase começa ainda com nossa viagem, pois tanto minha estada em Paris quanto a passagem de Carlos Alberto por Lisboa foram tentativas frustradas de recuperar um passado que perdêramos.

Ao voltarmos da Europa continuamos a nossa viagem de insensatos, buscando significados em novos trabalhos, novos endereços, novas ligações amorosas e numa criança que ia nascer ninguém sabia por quê. Foram Carlos Alberto e Catarina que me sugeriram recorrer à terapia. Fui coagido, fui designado, eu, a fazer a terapia que todos buscávamos, mais uma tentativa de manter incólume uma individualidade esfacelada pelo hiato de uma abertura política lenta e não controlada por nós. Além da alienação política tínhamos, nós três especificamente, a familiar, mas também esta era um dado comum à nossa geração. Fui, mais para terminar com infindáveis e já tão velhas discussões sobre o valor de uma solução reacionária por individual, uma solução que não levava em conta o social.

A análise foi inócua. Não consegui compartilhar meus feitos bons com o grupo, só queria mamar no seio do analista (e até hoje, ao repetir estes termos, sinto-me nauseado) e minha agressividade reprimida não me permitia reconhecer todos os presentes que lá ganhei.

Dá-me vontade, ao lembrar disso, de citar Carlos Alberto: ora, que vá para a porra.

Nesses tempos conheci Rosário. Rosário era uma mulher que tinha aparecido na confecção para vender em consignação uns vestidos de algodão pintado que ela mesma fazia. Ela era argentina e estava no Brasil há alguns anos, quando, depois do recrudescimento do terrorismo de direita do seu país, ela e seu irmão começaram a achar que estavam com a vida ameaçada.

Rosário era o retrato do passado. Não só o seu pessoal, despejado em palavras rapidíssimas que ninguém entendia e que em tudo eram semelhantes ao silêncio de Tânia. Ela era também o passado de sua terra, pois Rosário se pintava e se vestia como uma mulher da década de 50, uma letra de tango, uma noiva de Gardel e de Perón. Deixei de vê-la quando percebi, decepcionado, que o que recuperava com a sua presença era o passado dela e não o meu. Logo depois ela foi para São Paulo, levando sua voz de *bandoneón*, seus panos berrantes, para tentar contratos mais vantajosos do que os que nossa confecção poderia oferecer.

Estávamos nessa época bastante deprimidos pois, além de tudo, coincidiu que minha tia não resistiu à anestesia de uma operação corriqueira no olho, morrendo'na cama de um hospital do Inamps, e logo depois a mãe-avó de Carlos Alberto também morria, ou melhor, se extinguia. Muito velhinha, morreu dormindo, e Carlos Alberto, que passava meses sem vê-la, chorava como criança, dizendo o quanto gostava dela. No entanto, enquanto era viva, era Catarina quem às vezes telefonava para a casa dela e pedia notícias à empregada que a acompanhava há tantos anos, Carlos Alberto se esquecia, não tinha tempo, não ligava. Mas Carlos Alberto, o nariz escorrendo sem pudor, chorou uma tarde e uma noite inteiras nos ouvidos meus e de Rosário enquanto Catarina, mesmo grávida, ia providenciar Santa Casa, médico para o atestado de óbito, roupa para vestir o cadáver e todos esses detalhes terríveis que vêm junto com a morte, como se só a morte não bastasse.

Carlos Alberto chorou mais um pouco, depois, pendurado no ombro da empregada e ainda no cemitério deu a ela um dinheiro que lhe pareceu razoável. Ela disse que ia para o interior, onde ainda tinha família e um terreninho.

Além de tudo isso, ainda havia a tensão com a vinda da criança, a insegurança minha e de Carlos Alberto quanto ao nosso futuro profissional; havia também o fechamento, por lei, dos postos de gasolina aos sábados, o que significava um incômodo a mais para nós todos, que Pendotiba era longe. E mais tanta coisa.

Então sentávamos os três — e, durante o meu caso com Rosário, os quatro — no sofá, e era comum ficarmos em silêncio, ouvindo Rosário falar seu castelhano de metralhadora, o que equivalia. Às vezes íamos para a Zona Sul, estacionávamos o carro e ficávamos sentados, desta vez numa praça, num banco de praia ou em qualquer outro canto onde pudéssemos continuar nosso silêncio e nossa tristeza. O Brasil explodia em bombas da direita, bombas de reclamação contra a volta dos exilados, que se antes eram um só bloco monolítico — os exilados — agora começavam a deixar claras as suas várias divisões ideológicas. Cansávamos.

Como era Rosário?

Rosário tinha os cabelos louros de um tom que confessava ser pintado mesmo sem a auréola mais escura que de tempos em tempos lhe contornava a testa. Era vulgar, tão vulgar que ficava a dúvida se ela não era propositalmente vulgar, se não era um charme que ela tinha se feito. As sobrancelhas depiladas muito finas e altas, toda ela sempre — manhã, tarde e noite — maquiada com base pastosa, pó de arroz, ruge, sombra, batom, e muita tinta preta em volta dos olhos. Nos dias de muito calor, o batom caía em diminutas franjas em direção ao queixo. Talvez não só por causa do calor mas também porque Rosário comia sem parar, balinhas, batatas fritas, o que fosse, ela era muito gorda. Uma noite em que estavam Caloca, Catarina, Pedro e ela sentados num bar, ela se envergonhou de pedir alguma coisa para comer e passou o tempo todo a pôr gotinhas de ketchup na ponta da unha pintada. E lambia.

Da junção dos seus seios enormes — que Rosário era muito gorda — subia, toda vez que ela fazia algum movimento (e ela estava sempre fazendo algum movimento), um cheiro misturado de suor e perfume. Caloca gostaria de saber se era o mesmo cheiro que haveria nas suas axilas, mas Rosário não costumava levantar os braços gordos. Caloca chegou a pensar num plano de pô-la dentro de um ônibus cheio, quando então ela teria que levantar um braço, se segurar para não cair. Mas Rosário não andava de ônibus, preferindo gastar todo o seu parco dinheiro em táxis de cá para lá. Caloca então partiu para a imaginação, mas não foi muito longe. Só conseguiu pensar numa axila raspada, mal raspada. Já estava bom.

O cheiro da junção dos peitos ficava melhor quando ela fumava. Fazia uuuuuuuuuus enormes, expelindo a fumaça, o peito baixava e o mundo nessa hora ficava só de cheiros, que Caloca até fechava os olhos.

Os peitos eram cortados abruptamente pela fímbria de um sutiã preto apertado, e essa pretura era um ultraje, uma agressão aos doirados dos brincos pequenininhos, das mil pulseiras, uma delas embaixo, Caloca só foi descobri-la depois de todo o resto, lá no tornozelo. E do branco dos peitos, que Rosário não ia à praia.

Rosário ficava equilibrada em sandálias de salto anabela, que tirava, assim que sentava em algum lugar, recolhendo dois pés tímidos, a única coisa tímida da montanha toda, um atrás do outro, pudicos, para baixo da cadeira. Não tão embaixo que Caloca não pudesse ver a carne gorda marcada pelas tiras da sandália.

Será que foram estas marcas nos pés gordos? O caso é que Caloca às vezes dava para ver Rosário com outras marcas. Ela nua, de quatro, e Pedro, com sua cara de impassível mediocridade a brandir um chicote, obrigando-a a engatinhar de cá para lá num ritmo cada vez mais rápido. E às vezes ela até gemia baixinho, na sua voz rouca, de giz:

— *Más despacio, mijito.*

Era um chicote específico, feito com umas tiras de borra-

84

cha cortadas de uma câmara de ar velha, que serviam para amarrar torneiras vazando ou canos furados e que estavam num canto do chão do quartinho de depósito de Pendotiba. Manel é que ensinara Caloca tal utilidade para câmaras de ar velhas, utilidade acrescida agora de mais uma. Distraíam o tédio dos sábados. Foi uma pena quando Rosário sumiu.

Muitos anos mais tarde, Caloca, ao sair de seu trabalho na editora, cruzou com ela na rua. Foi ela quem o chamou, ele não a teria reconhecido, estava magra. Não magra, mas magra para o que fora. E não se enfeitava mais tanto, a coitadinha estava parecendo uma líder operária. Caloca quase chorou.

A voz também tinha mudado, abrasileirara-se mais, botava aqui e ali um "putzgrila", um "bicho", que soavam completamente falsos e fora de moda. Caloca estava petrificado. Ela dizia que ia voltar para Buenos Aires, que ia levar seus apetrechos de silkscreen e que ia trabalhar com uma prima na pintura de camisetas, e ela continuava a falar em que mais ela ia trabalhar, mas Caloca não entendia bem, ele estava francamente desolado. Rosário magra!, e embora mantivesse as sobrancelhas finas e o hábito de falar sem parar, Caloca foi correndo, angustiado, ver se a pulseirinha do tornozelo ainda continuava por lá. Mas ela estava de calça comprida. As unhas ainda eram longas e pintadas, e ela falava e Caloca tentava, como se estivesse fazendo um jogo de sete erros, achar o que mais estava certo, o que mais tinha mudado, entre a Rosário ali na sua frente e a outra, a das carnes brancas que iam se rosando aos poucos com as chicotadas. Rosário tentou animá-lo:

— *Las diretas vão a salir, verás. Tendrás um presidente civil aqui también, bicho, corage.* — E deu um tapinha no braço de Caloca. E continuou, agora segurando o braço, e não mais dando simples tapinhas, dizendo que tinha sabido de fonte segura que haveria outra emenda que, e que então... E que já estava com aprovação garantida. E continuava a falar, agora se referindo a comícios. Caloca suspirou.

Rosário continuava a falar mas agora Caloca já estava longe. É que no último comício Pedro, Tânia, ele e Catarina tinham ficado de mãos dadas, os olhos molhados de emoção, cantando juntos um canto de tantas pessoas, e as pessoas todas se sorriam, todas elas de repente velhas amigas. Há quanto tempo não se tinha sentido algo igual. E a inveja da Argentina, já com presidente civil, a inveja que Rosário achou que tinha visto, começou de fato a existir, e Caloca se despediu rápido.

NA ÉPOCA DE ROSÁRIO

Eu dividia meu tempo entre caminhadas na Cinelândia, local do meu novo trabalho, as sessões de terapia, as visitas de fim de semana a Carlos Alberto e Catarina e pequenos discursos. Gostava de fazê-los, estes discursinhos, divertiam-me muito. Eram declarações, dadas em voz um pouco mais alta do que Carlos Alberto gostaria, nas ruas ou nas praias, de vivas e obas a antigos políticos que voltavam do exílio naquela época. Eu dizia tais discursos, e não eram discursos; Carlos Alberto, incomodado e ainda com um medo que nunca haveria de se esgotar de todo, é que os chamava assim. Na verdade eram apenas duas ou três frases, ditas propositalmente em voz mais alta do que o necessário, assim que eu percebia haver por perto algum passante, ou nos ônibus, quando os outros passageiros lá estavam, obrigados a escutar-me apesar do barulho ensurdecedor do motor. Falava tais vivas como um acinte à placidez dos outros e não porque quisesse realmente dar viva ou oba aos personagens em questão, os quais, de qualquer maneira, dificilmente poderiam ser enquadrados numa mesma definição política, embora todos, é claro, fossem nomes proibidos e perigosos até há bem pouco. Falava o que falava, como se estivesse me dirigindo a Carlos Alberto, Catarina e Rosário, como se se tratasse de uma conversa particular que os outros não tinham nada que estar escutando e depois, tentando diminuir o involuntário sorriso de ironia que me vinha, corria os olhos sob os óculos que os disfarçavam, recolhendo na minha forçada assistência as expressões de medo ou de irritação. Não fosse eu, um louco, metê-los todos em confusão.

Depois que Rosário se foi, até a chegada de Tânia, um ano depois, não saí com ninguém mais, restringindo-me ao meu novo trabalho na confecção e a programas com Carlos Alberto e Catarina. Compúnhamos o que a mãe de Catarina chamava o Trio Maravilhoso Regina, ou Catarina e seus Dois Maridos, como Catarina, ela própria, deliciada, nos contava.

Quando Tânia enfim chegou, os outros dois foram também aos poucos se habituando à sua presença calada, foram mesmo precisando dela, sempre tão pouco questionante e sempre tão disponível para pequenos favores, comprinhas, tomar conta de João. Até mesmo na loja, eu, primeiro sem poder pagar nada, e depois por um pequeno ordenado, arranjei para que ela ficasse na caixa nas primeiras horas da manhã e nos finais de tarde, os piores períodos, quando nenhum dos sócios gostava de lá ficar amarrado.

Catarina no começo sentiu ciúmes de Tânia, uma recém--chegada que tinha comigo e Carlos Alberto um passado, embora pequeno, que a excluía. Pois eu e Catarina, num rápido adeus, na padaria em que comemos naquele dia só metade do doce, faláramos mais sobre Jack Kerouac do que sobre nossa relação, até que eu disse, conclusivo, que ia com Carlos Alberto para, talvez, Paris, me incomodando ter que dar detalhes. Não havia mais muito que falar, acabamos de limpar a boca com o guardanapo e seguimos nosso eterno percurso até a porta da casa dela. E *ciao*.

A rapidez com que Carlos Alberto me substituiu, além dessa despedida pouco aprofundada, fazia, acho, com que Catarina às vezes tivesse a impressão de que não havia tido substituição nenhuma. Daí o ciúme.

Um ciúme que não tinha aparecido com Rosário. Saíamos com Rosário e as duas combinavam. Catarina, cuja barriga de fim de gravidez, os peitos grandes a tornavam também uma montanha. E Catarina gostava do fato de nós quatro, ao sairmos juntos, chamarmos a atenção de todos, mesmo antes que eu começasse com meus discursinhos, pois os machos eram tão frágeis, e as fêmeas tão grandes, e nós tínhamos o hábito de trocar abraços e beijinhos na boca, independentemente de quem era par de quem, e se o beijado era homem ou mulher.

E teve uma vez em que nós começamos a cantarolar um jazz recém-apresentado no festival de São Paulo, e as duas mulheres dançaram, interrompendo o movimento das pessoas na rua, num estreito corredor que se fez no meio do povo e dos camelôs e dos pedintes e dos carros estacionados em cima da calçada num final de tarde. Dançavam abraçadas, as duas barrigas espremidas uma contra a outra, os peitos se roçando. E depois pararam, em gargalhadas, entre excitadas e envergonhadas por não terem recebido, como esperavam, o aplauso maciço dos presentes espantados.

Mas Rosário se foi, Catarina estava nos últimos meses de sua gravidez e Carlos Alberto se adaptava ao seu novo trabalho, o meu também começando a entrar numa rotina mais organizada. Carlos Alberto tinha começado a trabalhar como assistente editorial para um empresário famoso por suas ideias de esquerda, sua fortuna pessoal e suas edições muito maçantes e de venda difícil, sempre postas nas últimas prateleiras pelos poucos livreiros que as aceitavam. O empresário era gordo, vestia-se mal, vivia transpirando e pagava muito pouco, quando pagava. E tinha dado o emprego a Carlos Alberto junto com um abraço e uma frase qualquer em que dizia não ser preciso Carlos Alberto agradecer nada, que ambos tinham ideias irmãs e que irmão é para essas horas. Carlos Alberto agradeceu mesmo assim e se sentou, pela primeira vez, na mesa que seria a sua por tanto tempo, tirando o pó com o lenço e olhando em torno, e em torno era um depósito.

Rosário foi substituída, depois com o tempo, por uma novela. Catarina, desafiadoramente, dizia gostar e assumir, e arranjara uma velha televisão em branco e preto para Pendotiba. Seguia o *Ninho da serpente*, novela de um dos canais menores, porque, como ela dizia, não sintonizava a manipulação da realidade social que a maior rede de televisão do país fazia. Pedro dizia que ela era infantil e se acomodava para ver ele também a novela, seguida só de sete em sete dias, aos sábados, mas que já era mais do que bom.

Pedro chegava lá pelas dez horas, liam os jornais que ele trazia, almoçavam a comida feita pela Otávia, a empregada que Catarina tinha arranjado para cuidar de João, descansavam um pouco nas redes da futura varanda e depois ele e Caloca saíam para um cooper, Pedro de má vontade. Caloca não só fazia cooper como estava adotando cada vez mais comidas macrobióticas, e era visto tomando bolinhas de homeopatia o dia inteiro para, segundo ele, se livrar da alergia que o pó da editora e o suor do dono dela lhe davam. Apesar disso, estava indo bastante bem. Tinha conseguido dar um aspecto mais vivo aos tijolos culturais lá produzidos e o dono, que no começo tinha visto as mudanças com muita hesitação e purismos ideológicos, agora via a possibilidade de lucro com um purismo capitalista ainda maior.

Pedro às vezes falava tudo o que diria no processo judicial que ia mover contra o Inamps por mau atendimento à sua tia. Falava horas. Caloca às vezes falava sobre sua estada em Lisboa e também falava horas, quase sempre terminando por citar Jorge Luis Borges e os labirintos azulejados do destino, o que lhe dava a sensação, abstrata infelizmente, de compartilhar o estar-no--mundo latino-americano da saudosa Rosário. Catarina falava de sua nova teoria feminista, segundo a qual todos deviam trabalhar apenas seis horas por dia, havendo dois horários de trabalho: de oito às duas, de meio-dia às seis. Todos ganhariam menos, é claro, mas poderiam dividir, machos e fêmeas, este outro trabalho bastante real embora não remunerado, o da criação dos filhos. Caloca olhava para Pedro e dizia essa mulher é completamente maluca, quer que a gente ganhe menos. E Catarina revidava por mais meia hora sobre custos não computados e pagos exclusivamente por ela e só por ela, que Caloca, e aí entravam de rijo em discussões particulares, que Caloca não mexia a bunda gorda para mudar uma, uma que fosse, fralda de João. João que era a cara de Catarina e não tinha nada dele. E Caloca suspirava e dizia bem baixinho, sem conseguir se impedir, embora soubesse que com isso só piorava as coisas.

— Minha bunda é magrinha.

E assim *pasan los* dias.

6.

Catarina entrou na casa e não parou, embora estivesse completamente cega por causa do sol lá de fora. Mostrar a casa, porra, que saco. Como mostrar a casa? Como dizer ou deixar de dizer sobre, ai meu saco, portas da varanda, varanda, piano, retratos em cima do piano, sofás, telhado, goteira do telhado, pentelhinho no lençol e esse aí é meu filho e isso aí deve ser cocô do meu filho, não tenho certeza, faz tanto tempo que não arrumo a casa.

Já estavam no meio da sala e ainda não tinha mostrado nada. Até que seria engraçado, andaria pela casa inteira, quarto após quarto, com aquela mulher atrás, sem dizer nada, e sairiam outra vez. Pronto, casa mostrada.

Catarina parou e suspirou. Bem que a visita podia dizer alguma coisa do tipo:

— Oh! que lindas cortinas. — Mas não havia cortinas. — Oh! que grande qualquer coisa. — E aí Catarina daria um risinho de modéstia e emendaria: — Que nada, bem. E imagine que...
— E falaria sobre a qualquer coisa. Mas a porra da visita não falava nada. Era Tânia.

— Bom, Tânia, essa é a sala.

E Tânia fez hum, hum.

Tânia chegava de Vitória depois de uma tentativa de oito meses de se adaptar à vida de oito às seis e jantar de seis e meia às sete e meia e noticiário na televisão. Sopa, pão, arroz, feijão, bife, batata, salada, café, queijo, doce, pai, mãe, irmã, cunhado, avó, blim, blim, blim, as colherinhas nas xícaras, me passa a alface por favor, você viu, a Nininha... E no entanto Tânia tinha pensado que ia dar certo. Honestamente pensado. Sentada na cafeteria de Paris e, mentira, mesmo antes disso.

TÂNIA TENTA VITÓRIA

Quantas vezes não havia olhado a fila que se forma nos pontos de ônibus, no final do expediente, aquelas caras cansadas, apagadas e iguais, e tinha desejado ser uma delas. Ela gostava de, antes ainda de sua viagem ao exterior, pegar os ônibus cheios, quanto mais cheios melhor, e vir se ninando pelo caminho longo e lento, imprensada de tal modo nos outros passageiros que o movimento deles era o dela, que tudo, ela e o mundo, era uma coisa só.

E antes disso, quando pegava o trem, menina ainda com seus pais, para visitar tios e primas do interior. Ficava vendo, à beira da estrada de ferro, aquelas meninas descalças, com vestidinhos mais curtos na frente por causa da barriga grande e que, na porta de suas casas de pau a pique e barbeiro, acenavam para o trem com uma esperança doida de que o trem, o futuro, a riqueza acenassem de volta.

Tânia ficava vendo essas meninas, da mesma idade que ela;

poderiam ser ela, e Tânia pensava o quanto seria bom e simples ser uma daquelas menininhas. E então respondia ao aceno que na verdade era o dela mesma.

E ainda nos jornais de domingo, como gostava, antes e depois de Paris, e em Paris, de ver os anúncios de emprego, mas não os grandes, para engenheiros, técnicos de computador, advogados como ela, mas os pequenos, minúsculos, para secretária, datilógrafa, recepcionista em firma de contabilidade na rua tal, e o nome da rua sendo desconhecido. E vendo esses anúncios ficava sonhando com a vida que teria se respondesse a um deles, vida de ônibus, chefe, trabalho e café de garrafa térmica no corredor, os papinhos com os colegas, as compras a prazo, e uma casa, à noite, uma casa distante, pobre, simples e, ah!, tão simples e fácil.

Tânia achou que ia dar certo.

Já se via, engordando sem culpa, sim, seria gorda, qual o problema, a filha solteirona, gorda e cinzenta do chefe, e o pai morreria e ela continuaria, agora chefe ela própria do escritório, mais determinada, mais segura, mas ainda sem aporrinhações, que os sócios eram para isso, que beleza.

Pensava.

Mas não tinha conseguido entrar nessa nebulosidade tão atraente. Tinha a impressão de que todos a olhavam, que todos sabiam não só da viagem a Paris, que era como costumavam se aproximar: e Paris, hein, que tal? Mas sabiam também dos beliscões nas pontas dos seios, do revólver esfregado na vagina (está muito frio, minha filha?), e então Tânia sorria demais, para todos, no escritório, na rua, em casa, querendo mostrar o quanto ela era simpática e normal e igual, continuava igualzinha, veem?, à mocinha que de lá havia saído alguns anos antes, para fazer a faculdade no Rio.

E quando vinham as visitas, porque vinham visitas, visitas

especialmente para revê-la, ô tio Duta, puxa, como vai, puxa, como o senhor está bem, e continuava a falar de como o tio Duta estava bem, e a lojinha de sapatos como ia, mas, como, ela não lembrava? Ele tinha vendido a lojinha antes de ela ir para o Rio. Ah é, puxa, como é que eu fui esquecer. E o papo se arrastando, Tânia tentando sempre falar sobre como tio Duta estava bem, porque ela sabia que na hora que parasse a conversa ia mudar e o tio Duta ia dizer e você? e balançaria a cabeça, com os olhos fixos nela, sem perguntar mais nada porque já sabia de tudo.

E a madrinha de crisma, a tia Nenê, os Risotti, lembra dos Risotti, que foram nossos vizinhos lá na casa velha? Claro, como esquecê-los. E tantos outros mais. Sentavam-se à mesa envernizada e impecável da mãe de Tânia e ficavam olhando para Tânia, perguntando perguntas genéricas com vontade de ouvir respostas específicas, os detalhes escabrosos que depois repetiriam em voz baixa, excitados, na cama, depois que as crianças fossem dormir.

Nessas visitas, Tânia se vestia com a roupa que a mãe aprovaria, saias matronais, blusas fechadas, e treinava antes, no quarto, o que faria com as mãos, se colocadas no colo, se no espaldar da poltrona, e treinava sorrisos e procurava entonações de voz que produzissem um efeito de calma e tranquilidade. A mãe dizia fulaninha vem hoje aqui para o lanche, e não precisava dizer mais nada, depois de alguns minutos Tânia ia para o quarto, trocava a calça comprida com que sempre ficava em casa pela saia, e ia treinar.

E durante as visitas não olhava para a mãe para não ver seus olhos que fugiam, que não a olhavam, não olhavam para a filha que tinha tido contato com homens. Uma vez, muitos anos antes, a mãe se referira a uma menina do bairro que havia sido violentada, a mãe tinha dito: estragaram a menina. Como se a menina, como se meninas fossem laranjas ou peras, e se estragassem.

Depois de muitos anos, quando Tânia foi para Vitória de volta pela segunda vez, doente, nos braços do pai que viera ao Rio para buscá-la, tive oportunidade de vê-la numa revanche cruel. Ela acabava de voltar de mais uma entrevista com um psicanalista e dizia:

— Deste eu também não gostei, mãe. Não sei, esse azul que ele tem na parede... detesto paredes azuis.

A mãe aquiesceu rápida, pressurosa.

— Ainda temos mais esses dois nomes aqui para tentar — disse a mãe segurando forte a listinha de nomes, no papel já meio amassado, a bolsa entreaberta, as mãos de velha.

Mas isto foi depois.

Passados, então, alguns meses, as blusas parisienses de Tânia já começavam a ficar com as golas deformadas, pois Tânia enfiava os dedos com força nas golas, afastando-as do pescoço para que a sensação de que sufocavam sumisse, mas não sumia.

Às tardes, o começo das tardes no escritório, na sua mesa, copo de lápis, pires de clipes, papel em branco e um telefone que ao tocar dava um estremecimento em Tânia e mais nada, pois quem atendia era o pai no aparelho dele. E a mesa ficava num canto torto, mal dava para ela entrar, gorda, mas tinha sido ela quem pedira aquele lugar, pois, quando chegara, no primeiro dia dissera ao pai que lhe mostrava a mesa bem colocada, no meio do escritório:

— Aí eu não fico.

Sem explicar que não conseguiria ficar sentada de costas para uma porta nunca mais na vida. E sugerira: — Põe ali.

No começo das tardes, então, quando não havia movimento nenhum, nada, nem mosca, e o pai já desistindo de bater papo pegava uma pasta para ler e para fingir que estava interessado em outra coisa, era nessa hora que o pescoço mais apertava, e Tânia depois de oito meses achou que não dava, e foi se jogar no

95

anonimato do Rio e na fraternidade quase indiferente, e por isso mesmo a melhor, de Carlos Alberto, minha, e de Catarina mais tarde também. Éramos quase uma Paris portátil.

E um dia lhe disse, adivinhando seu olhar aflito, que eles, os homens, não eram trouxas, que todo mundo que tinha alguma coisa a ver com aquela época já havia sido remanejado para outros postos, que ela não ia encontrar com ninguém que a conhecesse e, por conhecesse, ambos sabíamos o que eu queria dizer. Tânia apertou meu braço, agradecida.

Tânia fez hum, hum, olhando em torno.

Catarina estava apoiada no piano. E ia dizer para ela que o piano tinha o apelido de Grilo Mudo. E ia explicar. Que a mãe dela tinha comprado esse piano quando ela era pequena e bem-comportada, e quando não tinha ainda feito nada que fizesse a mãe suspeitar que ela não ia ser a moça boazinha e esposa feliz dos seus sonhos.

— Minha mãe achou que eu, já que ela não, que eu pelo menos ia conseguir casar com moço de brilhante futuro e virar dama da sociedade, sabe.

Era para Tânia dar uma risadinha, mas não deu.

— Bom, o caso é que ela comprou esse piano para mim e me pagava aulas de piano.

— Sei.

— E a gente chama ele de Grilo Mudo por causa do Grilo Falante. Quer dizer, o piano é a voz da consciência dizendo o quão longe eu estou do caminho das moças finas.

— ...

— E é mudo porque eu nunca abri ele para nada — arrematou Catarina, rápida, já desistindo de conseguir qualquer tipo de participação de Tânia na sua linda historinha, que com todo mundo, salvo ela, conseguia o maior sucesso e arrancava grandes risadas.

E Catarina abriu o piano com raiva, para mostrar que as teclas eram de marfim, que ridículo ou não ridículo, as teclas, porra, eram de marfim.

Aqui a sala tem dois pisos essa lajota não tem no mercado foi mandada fazer aqui é um quartinho já foi rouparia agora é depósito a escada é de peroba o corrimão estava estragado Caloca mandou fazer novo e aí, Catarina parou. Parou e alisou demoradamente com ambas as mãos os dois corrimãos de peroba lisa, com cara de quem estivesse alisando coisa muito melhor, os olhos meio cerrados, as mãos de dona. Alisou, alisou, olhou para Tânia e subiu.

Mas aí arrependeu-se e tornou a voltar. Faltavam os sofás.

A casa tinha dois sofás velhos e fedorentos onde os corpos de Catarina, Pedro e Caloca grudavam quando lá se deitavam, nos sábados, para ler os jornais que Pedro trazia ao chegar de manhã. Conversavam sobre os escândalos financeiros que estouravam como também estouravam bombas e mais bombas.

Eles liam sempre em silêncio os jornais, primeiro os do Rio, depois os de São Paulo.

E então ficavam olhando o teto, raramente falavam nestes últimos tempos sobre o noticiário. Às vezes riam um riso curto, quando uma corrupção maior um pouco chegava a público ou quando, por exemplo, o general-presidente pediu pessoalmente pela libertação de uma prisioneira política. Não do Brasil. Mas do Uruguai.

E nesse sofá aqui, numa quinta-feira, dia tal, o Pedro teve o seu único ataque de riso desde que nasceu. Chovia lá fora, os peixinhos a nadar, os passarinhos a pipilar e o Pedro, imagine só... Tânia olhava para fora.

— É aqui que a gente costuma ficar.

— Sei.

Pedro tinha se levantado do sofá rindo, já sem os óculos, que de tanto rir já chorava, o nariz escorrendo, mas ele não conseguia parar. Representava a cena de uma farsa, de como a presa tinha sido presa e de como agora ia ser libertada, e fazia gestos parecidos com os dos fidalgos em peças de Molière, cheio de mesuras, aqui está a moça que você me emprestou, e espanava uma moça imaginária, desculpe se está empoeirada, e ria, ria. Até que foi parando.

Catarina pensou, com uma dorzinha no peito, que Tânia ia passar a fazer parte dessa vida deles. Onde é que ela se instalaria, que canto escolheria. O sofá, onde Catarina se deitava? Ou o outro, que Pedro e Caloca dividiam, os quatro pés sujos, dois para cada lado, apoiados na mesinha de centro que era na verdade um caixote pintado de lindo azul colonial (por Caloca).

A casa de Pendotiba tinha pedaços de parede de onde saíam os ferros retorcidos das colunas de sustentação e onde, com o passar do tempo, foi se pendurando aqui um guarda-chuva, lá uma sacola de compras e num outro, menor, Caloca tinha desenhado em volta do prego preto e torto um homenzinho, e escrito embaixo: o anãozinho de pau grande. E havia o telhado fora de esquadro, o que deixava agora, além do corrimão todo molhado durante as tempestades de verão, também o chão e a lateral do piano. A casa tinha também duas prestações em perene atraso, pois isso era um grande negócio, como ficava claro a qualquer imbecil que se desse ao trabalho de comparar correção monetária, inflação, e os juros do overnight, como Caloca já estava cansado de explicar e só não entendia quem não queria. Catarina fechando a cara e dizendo que já que ela também contribuía com o dinheiro que ganhava na Fundação, era também o dinheiro dela que ele estava arriscando ao se decidir por esta prática que não permitia a menor distração, no terceiro mês de atraso a casa ia para leilão.

— E necessidade na verdade não há. Caloca está ganhando melhor, além de receber o aluguel do apartamento que foi da mãe-avó, e a Bete, a ex-mulher dele, suprema felicidade, tornou a se casar e não recebe mais pensão.

E tornava a mostrar o piso, já falei do piso? Tânia não aguentava mais.

— Lindíssima, hein? — E procurou um canto onde bater a cinza do cigarro.

— Espera que tem mais.

Catarina agora estava adorando. Mostrava tudo, tim-tim por tim-tim, apreciando cada olhadela na cara infeliz de Tânia, como se chupasse, uma a uma, frutinhas azedas.

E no andar de cima tinha mais dois banheiros, os três quartos, um ainda sem taco, esse a gente vai mandar acarpetar com a próxima grana. E da janela de um dos banheiros, onde Tânia não tinha entrado, se limitando a fazer hum, hum, lindo, da porta mesmo, Catarina fez com que entrasse e mostrou o telhado, que dali dava para vê-lo inteiro. E o telhado tinha as beiradas em telha-colonial.

— Legítima.

Que ainda se encontra, sabe, dessas telhas pelo interior, se a pessoa é claro souber onde procurar. E Catarina disse isso mirando Tânia e querendo dizer que Tânia, por exemplo, não era uma dessas pessoas que saberiam procurar bem.

— Essas telhas ficam em velhos paióis abandonados, fazendolas comidas pelo capim-colonião, comidas pelos bois, a bem dizer. E Catarina parou: seria o caso de falar sobre a invasão do gado em terras agricultáveis? Não. Veja, a telha antiga é bem mais larga e bem mais bonita nas suas irregularidades do que as modernas. — Era bom conhecer bem o assunto, dado em priscas eras, em sala de aula:

As telhas novas, como agora Catarina explicava, sendo só as da segunda fileira em diante, deixavam quem ficasse apenas no primeiro andar da casa, o andar das visitas, na ignorância sobre esta convivência sigilosa entre as telhas legítimas e as ilegítimas, entre coxas de escravos e olarias.

E Catarina tinha feito questão de que Tânia soubesse desse segredo, que as telhas-coloniais legítimas eram só as da ponta. Era uma maneira de dizer que o engodo era só para os outros, não para ela, destinada a ser íntima da casa. Que se era para ser assim, que assim fosse. E quanto mais rápido melhor.

— O quarto do menino. E esse daqui é o da gente.

A cama larga, que nem era cama, mas colchão no chão, com os lençóis embolados ainda por arrumar, apesar de serem mais de três horas da tarde, fez com que Catarina pela primeira vez desde o começo da mostração da casa abreviasse as coisas. Da porta mesmo se virou, ficando de frente para Tânia, e tampando com seu corpo a visão da cama, falou:

— Vamos voltar lá para baixo?

Tânia também se virou, no corredor estreito, e as duas desceram.

Tinham trepado na noite anterior e por isso, Catarina sabia, não iriam trepar naquela. Catarina esperou que a respiração de Caloca ficasse mais profunda, indicadora de sono, o que aconteceu, como sempre, depois de espantosos por exíguos minutos. Caloca dormia, umas cotoveladas para que mudasse de posição e não roncasse, e Catarina estava livre para soltar seus pensamentos, relembrar o dia e programar o próximo, que Catarina programava tudo. A que horas tal coisa, que roupa seria usada, se haveria necessidade de levar a bolsa grande ou era melhor a pequena, que comida cada um da casa comeria no almoço, e no jantar, para que não houvesse restinhos a desperdiçar. Quantos chicletes levaria para o trabalho (Catarina estava tentando deixar de fumar), por onde começaria o trabalho no dia seguinte no escritório, quanto dinheiro levaria. O dinheiro. Dinheiro era uma das coisas que Catarina levava mais tempo programando, porque Catarina insistia, para controlar o que ela chamava de besteiras calocais, em separar o dinheiro que gastaria para pagar as contas fixas. Depois, dividia o resto pelo exato número de dias do mês. E tanto ela quanto Caloca só podiam gastar aquele tanto por dia, o que levava Caloca ao desespero e a rebeliões frequentes, quando então era Catarina que dizia mas assim a gente vai morrer de fome exatamente no dia dezenove.

Catarina programava as coisas pequenas em minúcias. Mas quando, apesar do esforço em controlar deste modo a cabeça, para que não explodisse com os problemas grandes, quando, apesar disso, algum fantasma grande vinha assombrar sua cama fazendo-a perder o sono, Catarina, então, porque tinha, como sempre, que acordar cedo no dia seguinte, porque não podia se dar ao luxo de ficar com insônia, Catarina então recuperava um R. Paradis do limbo. Afastava-se o mais possível de Caloca, descia os dedos e ia catar um enredo favorável. Nem sempre acertava de primeira, acontecendo começar com escrava amarrada e mudar para castigos conjugais e quase desistia, mas continuava, e no fim de duas ou três tentativas acabava achando alguma coisa interessante. No final, o prazer fraquinho lhe trazia mais do que uma satisfação que não procurara, o cansaço que a fazia dormir, e isso sim era o importante. Pois no dia seguinte tinha que se levantar às seis e meia e tocar o batente. Não podia ficar com insônia.

Era o que restara do glorioso R. Paradis de outrora: uma pílula para dormir.

Tinha sido uma noite dessas, noite de pílula para dormir, como Catarina apelidara seu método anti-insônia, a noite anterior à primeira visita de Tânia a Pendotiba. E foi porque lençóis guardam marcadas as holografias dos sonhos, em pelinhos perdidos, sujinhos e pontas desnudas do colchão manchado, que Catarina não tinha querido que Tânia entrasse no seu quarto durante a visita.

Dava-lhe outras intimidades: mostrava os segredos da casa, tocava-lhe o braço ao falar, falava de coisas suas, o aborto recente, os problemas com o emprego na Fundação, onde havia cada vez mais gente, mais mesa, mais cadeira, sempre mais gente, jovens bem-vestidos e bem-falantes, queimados de sol, a transitar sem nada para fazer, sob o retrato do general-presidente, cujo obeso ministro da Economia dizia pelos jornais — e depois desmentia pelos mesmos jornais — que iria cortar as verbas das estatais, as mordomias, as pensões dos aposentados, as consultas médicas da assistência social, o subsídio para a agricultura, a correção semestral dos salários, e mais isso e aquilo, menos as próprias banhas — pois o país era pobre, dizia. Na Fundação esbanjava-se.

Catarina dava a Tânia, nesta primeira visita, algumas coisas, as coisas das quais se sentia mais segura, pois aborto significava sexo. E emprego e sexo eram duas coisas que ela, Catarina, tinha com certeza mais do que ela, Tânia. Mas não dava tudo, não queria dar Pedro e Caloca, e essa tinha sido a origem das suas preocupações da noite anterior, e da sua consequente pílula para dormir. Pois Catarina tinha feito para os três um de seus planos detalhados que poderia ser resumido em: fica tudo como está.

Ou seja, Pedro na sua confecção durante a semana, em Pendotiba como hóspede/dono nos finais de semana. Caloca no seu emprego de editor durante a semana, de noite trancado na sua biblioteca sozinho ou com um ou outro amigo, articulando sua eterna vereança. E ela, Catarina, por aí mesmo, enquanto não aparecesse coisa melhor, pois Catarina pensava para si um futuro que não pensava para os outros: ela via a possibilidade de um dia vir a mudar de vida e de homem, de repente. Fazia nessa época um curso de marketing aos sábados pela manhã cedo (razão de ter de levantar cedo no dia seguinte), curso que depois, ao mudarem as modas e os tempos, passou a ser de computação. E olhava os homens, na rua, de frente, desafiando-os, o que para ela significava uma forma de aproximação.

Não fosse Tânia mudar seus planos.

Filho, para que a gente tem filho? Num dos dois degraus que separavam os ambientes da sala, João, de bunda de fora, estava sentado, comendo as uvas e sobre as uvas, uvas que Tânia tinha trazido. Comia-as com sofreguidão, com o papel do embrulho ainda grudado, e só parou, boca cheia, babando, para olhar para a mãe com olhos assustados. Mas Catarina já havia então controlado o apertar dos dentes, e disse com voz de não me abalo:

— Aí, hein, cara, no escurinho acabando com as uvas. — Que Catarina, mesmo o garoto ainda sendo apenas um bebê, já o chamava como o chamaria sempre, de "cara".

E Catarina não diminuiu o passo mesmo quando Tânia disse:

— As uvas não estão lavadas.

— Não tem importância — retrucou Catarina, já de costas para o filho. — Vitamina S.

O incidente toldou um pouco a vitória de Catarina, que tinha obrigado Tânia a dizer várias vezes que beleza, sem a menor vontade de dizer que beleza, o que ficava claro com a entonação monocórdia com que o "que beleza" saía. E isso só fazia aumentar a satisfação de Catarina, que ainda não sabia ser a entonação monocórdia uma característica geral da fala de Tânia. Por causa de João, Catarina teria tido que se abaixar, limpar bunda, chão e uvas, e mesmo não tendo feito nada disso, o ter-que já a punha em situação desvantajosa frente a essa mulher malvestida, mal penteada, meio gorda mas que sentava na beira do murinho da varanda exatamente na mesma posição que Caloca, com as pernas abertas, o cigarro seguro por três dedos juntos pela ponta, como se fosse um lápis e a fumaça a sua mensagem. Estavam lá fora agora, Caloca tinha acabado de falar no barbará, no duto trifásico e na serra tico-tico e, cumprida assim sua obrigação, ficava num silêncio satisfeito.

Caloca estava com sua bermuda clara, de onde saía seu corpo esguio, de poucos pelos.

Caloca estava com uma bermuda clara de onde saía seu corpo esguio, de poucos pelos, e Tânia estava na porta do quarto de Pedro. Todo mundo estava rindo, que Caloca tinha respondido com uma besteira ao comentário de Pedro sobre tal ou tal fato muito importante na vida política do país. Estavam em Paris, no apartamento de Pedro, Tânia tinha ido lá para conhecer o amigo do seu amigo, o tal de Carlos Alberto.

Tânia não gostava de cozinhar, Pedro sim. Tânia não sabia cozinhar bem, Pedro não gostava que mexessem na comida que estava fazendo. Pedro sabia desses fatos sobre Tânia. Tânia sabia desses fatos sobre Pedro. Mas, apesar disso, quando Tânia, ao chegar, se deparou com aqueles dois homens que ela sabia serem tão amigos, ela resolveu que o melhor era fazer alguma coisa bem comum. E o mais comum, para mulher, era se meter na cozinha. E então Tânia foi.

— Deixa a salada comigo, Pedro.

— Não precisa, Tânia. Já está quase pronta, na hora a gente mesmo acaba, cada um a sua.

— Não, eu faço. — E acrescentou, rindo, para se justificar:

— Eu tenho um tempero secreto, sabe.

E foi. Já estava pronta. Mas Tânia resolveu que a alface deveria ser cortada um pouco mais fina e cortou.

E já tinha cortado a alface um pouco mais fina quando se deixou ficar, na porta da quitinete, a escutar a conversa dos dois, distraída.

Eles falavam agora de outro fato muito importante na vida política do país, Pedro sentado numa poltroninha minúscula que havia por lá, Caloca de pé no meio da sala. E Tânia só foi perceber que era para a sua bermuda branca, mais precisamente para o inchado do seu pau, que ela estava olhando, quando já era tarde demais.

Tânia levantou os olhos, Caloca estava olhando para ela, o olhar irônico, o risinho já armando no canto da boca. Tânia virou-se rápida.

De volta para a pia, Tânia cortou — pela terceira vez — a alface, enquanto esperava a vermelhidão do rosto sumir e ser substituída por algum tipo de expressão, qualquer uma. Mas não conseguiu. Nem naquele dia, nem em nenhum outro dia dos muitos que se seguiram. Caloca nunca tinha feito nenhum comentário, e nem em gestos ou olhares dava a demonstrar que ainda se lembrava do flagra da quitinete.

Ele apoiava uma perna no murinho da varanda e depois se levantou. E se espreguiçou devagar fazendo huuuuuuummmm.

Tânia se perguntava se Caloca tinha posto uma bermuda clara nesta sua primeira visita à sua casa de propósito ou por coincidência.

Tânia e Catarina se entreolharam. Caloca agora falava da sua mãe, e punha nela cabelos esvoaçantes, fundos olhos misteriosos e palavras como *feminista avant la lettre, épater les bourgeois, nonchalance* e outras francesidades, pedacinhos de chiclete a grudar ele, Pedro e Tânia. Catarina suspirou. Que bom que Tânia não tinha prestado atenção nos retratos.

Senão ia ter que explicar.

Os retratos, ou melhor, o que Catarina chamava de retratos, eram páginas recortadas de uma velha revista de fotografias. Mostravam daguerreótipos antigos. Porque Catarina não tinha antepassados decentes para pendurar na parede, então os daguerreótipos faziam esse papel. Davam uma família e tanto, com suas barbas solenes, seus coques dignos, suas roupas escuras, os olhares altivos.

Catarina não ia gostar de explicar.

Olha que belo primo eu gostaria de ter tido. E esse é o vovô dos meus sonhos. E eu não sou meio parecida com essa mulher?

E depois dizer.

O pai e a mãe tinham sido primos-irmãos, criados juntos, eles e mais meia dúzia de cachorros vira-latas num terreno seco onde não crescia nem capim num lugar que muito apropriadamente se chamava Capim Seco. E que a mãe e o pai, crianças ainda, tinham feito o que todos faziam, bichos e gente. E que os mais velhos tinham visto nisso uma oportunidade de ouro de se ver livre dos dois (menos duas bocas) e:

— Vou dar um tiro nesse cachorro (o de duas pernas).

— E pensar que criamos ele como filho.

— E patati, patatá.

E então os dois fugiram. Ele no caminhão do patrão, aumentando assim mais um na lista dos "vou dar um tiro nesse cachorro".

O caminhão depois foi recuperado pelo legítimo dono, e o novo casal pôde continuar sua vida em paz, sossego e amor, sem nenhuma dessas coisas. O pai conseguiu com o tempo ficar sócio de uma frota de Kombis, e depois morreu, em pleno voo para patamares mais altos, ou boleias mais baixas, que nessas alturas ele já estava pensando em trocar as Kombis por táxis, o que não chegou a executar.

— Graças a Deus, minha filha. Senão estaríamos na miséria, que táxi não está dando mais nada.

Ficaram a sociedade nas Kombis (depois vendidas) e um retrato. O pai era gordinho e tinha o cabelo brilhante, o que era um golpe de sorte. Não fosse esse brilho no cabelo não haveria nenhum outro, já que os olhos, pequenininhos e enfiados dentro das bochechas, eram completamente apagados. A mãe também não era muito melhor.

Catarina não lembrava se a mãe, "antes", teria dado um bom retrato de antepassado para pôr em cima do piano. A mãe tinha feito operação plástica — graças ao mesmo médico da cesariana — para esticar o pescoço, a bochecha, tirar a pinta, diminuir a testa, levantar os olhos e arrebitar o nariz — e Catarina tinha dificuldades em lembrar de como era ela antes. Agora ela era igual ao pequinês dela (dariam, mãe e pequinês, um péssimo retrato). O pequinês, tendo visto diminuir de repente e por milagre o respeito e a distância que havia entre ele e a dona, passou a rosnar para a mãe de Catarina, morder quando podia, e o pior, sujar a casa.

A mãe tinha querido empurrá-lo para Pendotiba, junto com o piano, mas Catarina não tinha topado. Chegava não ter retrato, não ia aturar cachorro.

E eram essas as pessoas que estavam naquele dia reunidas

numa varanda inacabada de uma casa em Pendotiba. Caloca apoiado na sua mãe fantástica, Tânia com vergonha de uma bermuda parisiense, Catarina com seus antepassados de papel. E Pedro.

A CHEGADA DE TÂNIA

Na primeira vez que Tânia foi a Pendotiba, ela já se portou como se conhecesse a casa e as pessoas. Naquele seu jeito quieto, sem cumprir o papel de visita.

Deixava-se ficar na varanda e depois, quando entramos, no sofá. Ouvindo tudo quase que com indiferença. E acho que foi essa indiferença que contribuiu para tirar a tensão do ambiente. Fomos percebendo, à medida que as horas passavam, que não precisávamos fingir nada. Não precisaríamos nos mostrar diferentes do que éramos. Tânia não ligava para nada.

Sentada lá fora, comeu a comida que lhe deram. Carlos Alberto tentou entrar em grandes explicações sobre a macrobiótica e seus benefícios mas Tânia disse:

— Eu como qualquer coisa.

Depois foi a vez de Catarina, tentando — e neste dia Catarina estava particularmente mal-humorada — repetir sem vontade velhas brincadeiras que existiam entre nós. Mas Tânia se limitava a sorrir, se tanto, e Catarina foi notando que não precisava se preocupar em distrair ou alegrar a visita, a visita não ligava.

E mesmo eu, quando Tânia ligou dizendo que tinha chegado de Paris, ou melhor de Vitória, tive meu momento de desagrado, mas eu também fui me acalmando. Não gostaria de ter que fingir um interesse amoroso por ela. Mas também não gostaria de ferir seus sentimentos. Pelo telefone, não dava para saber o que ela pretendia, ao me ligar no Rio, tantos anos depois de nossa vaga aventura parisiense.

Mas só de vê-la se aproximar, já percebi que não havia o que temer. Tânia vinha vindo de longe, na rua, e eu a via chegar. Tínhamos marcado um encontro na porta da minha casa e eu dissera no telefone:

— De lá vamos a Pendotiba. É um passeio bonito.

E ela vinha no seu andar devagar e duro, sem olhar para os lados. Mas não tinha se enfeitado. Vinha com uma roupa neutra e velha. E isso era bom sinal.

Viu-me, disse: oi. Como se estivéssemos indo para a cafeteria, de onde tivéssemos saído um dia antes. Oi, tudo bem? Um "tudo bem" teórico, não esperava que eu respondesse grandes informações.

Entrou no carro e só quando já estávamos quase na praça XV é que se virou para mim, sorriu, e disse:

— Bom te ver. — E me deu um tapinha nas costas, assexuado.

Sorri, também, aliviado e soube naquele momento que Tânia seria uma dessas pessoas com quem nos damos bem uma vida inteira.

E acho que passados os primeiros momentos de tensão Carlos Alberto e Catarina sentiram coisa parecida. Era difícil essa chegada de Tânia, pois tínhamos nos fechado muito, os três. Desde a partida de Rosário que, quando nos víamos, éramos só os três. Claro que conhecíamos mais gente, e tínhamos outros amigos. Mas, estando nós três juntos, éramos só os três. E agora seríamos quatro.

Carlos Alberto foi o último a voltar ao normal, nesta primeira visita. Mesmo depois que eu e Catarina já tínhamos recuperado nossos gestos e hábitos de sempre, Carlos Alberto continuava a agir como se tivesse plateia. Falou durante horas de sua mãe, o que não mais fazia na nossa frente por não querer ouvir zombarias. E, embora nunca tivesse aprendido a falar muito bem o francês, dizia palavras e mais palavras francesas. Palavras não de uso corrente, mas literárias, aprendidas que foram mais no manuseio dos seus livros de professor do que na sua estada entre os exilados, com quem, aliás, só falava português. E português sem cuecas, que os "caralhos", "porras" e "cus" ajudavam a matar as saudades.

7.

Catarina falou para a mãe que ia à praia e pegou o ônibus como quem fosse realmente à praia e não só até logo ali. Quando passou pela casa de Pedro ainda hesitou, o braço mole, sem saber se ia deixar o ônibus continuar simplesmente até chegar na praia, ou se ia de fato levantar o braço mole, para que puxasse a corda, para que o ônibus parasse, para que saltasse e tocasse a campainha no apartamento de Pedro, que estaria esperando, conforme o combinado.

— Oi, tudo bem. — Sem olhá-lo nos olhos, sem dar nem mesmo o beijinho convencional, e depois o silêncio até que Pedro pôs o disco na eletrola. Catarina tinha posto o maiô por baixo da roupa, por causa do seu disfarce para a mãe, mas tinha ficado contente de ter um motivo para vestir o maiô, porque no seu armário não havia uma só calcinha que não tivesse um furinho aqui, um descosturado ali. Eram as malditas calcinhas de algodão que a mãe insistia que usasse, já que as de náilon não serviam:

— Dão doenças. São sintéticas.

Catarina sentou na ponta do sofá da sala de Pedro, tensa,

enquanto pensava que era essa a primeira vez que poderia se sentar à vontade ali, pondo os pés em cima da mesinha de centro, o que tinha tido vontade de fazer tantas vezes. Nunca o fizera, pois a mãe e a tia de Pedro se sentavam, elas próprias, sempre na pontinha do sofá e, com as costas retas como réguas, perguntavam se ela aceitava um cafezinho.

Se ela dizia não, a conversa morria irremediavelmente. Se ela dizia sim, uma delas, em geral a tia, se levantaria dizendo para a outra:

— Não se incomode, eu vou. — E dando um suspiro fundo, ia para a cozinha.

Neste dia a tia e a mãe estavam passando o fim de semana em Petrópolis. E como depois disso, enquanto durou o namoro entre Pedro e Catarina, elas nunca mais foram passar o fim de semana em Petrópolis, Catarina deduziu que tinha sido Pedro a expulsá-las para lá com alguma desculpa.

Pedro pôs uma música clássica na eletrola e pediu, constrangido, que Catarina se levantasse um instantinho do sofá. Estendeu uma colcha cheirando a guardado que ele tirou de trás da cristaleira, onde a deveria ter posto de manhã, antes de Catarina chegar. Atrás da cristaleira não era um lugar onde se guardassem colchas naquela casa, Catarina tinha certeza. Pedro estendeu a colcha e começou imediatamente a se roçar em Catarina. Foi rápido, acabaram antes da música, e Pedro subitamente falante arranjava mil assuntos, e a faculdade, e a reunião programada para o auditório, e se Catarina apoiaria esta ou aquela chapa, e continuou falando enquanto Catarina se trancava no banheiro, porque Catarina ficou sem graça de dizer:

— Ei, para de falar um pouco que eu vou ao banheiro.

E quando Catarina saiu do banheiro, Pedro continuava na cozinha, agora não mais falando, na cozinha para onde tinha ido assim que metera de volta a calça jeans, e onde estava preparando bandeja de queijos, coisa simples de preparar, por que ele levava tanto tempo. A colcha havia sumido durante a ida de Catarina ao banheiro. Catarina foi encontrá-la depois já dentro de uma sacola, perto da porta da cozinha, ao levar para lá os pratos e os copos sujos. Concluiu então que Pedro deveria estar pensando em levar a colcha para a tinturaria ainda naquele mesmo dia, na pressa de apagar qualquer vestígio da presença de Catarina antes da chegada das velhas.

O queijo era forte, o vinho tinto e ácido deu uma tontura, e Catarina esqueceu um pouco a ardência no meio das pernas. Pedro tinha comprado um queijo estrangeiro que fedia nas mãos, e uma garrafa de vinho nacional. Eles comeram, apesar de serem só onze horas da manhã, com pumpernickel, ouvindo pela segunda vez a mesma música, agora com toda a compenetração que uma cena que incluísse Bach, queijo, vinho e um acontecimento como aquele pedia.

E depois foram, enfim, à praia, quando Catarina entrou, as pernas tremendo, na água e, olhando em direção oposta à areia, nadou devagar para fingir que estava bem à vontade.

Depois, já no final do dia, se secou pela última vez no sol poente, o corpo ligeiramente empinado para a frente, para que o sol secasse também lá dentro, secasse tudo.

Quando Catarina voltou para casa já estava escuro, antes deram ainda mais uma passada no apartamento de Pedro que, dono, foi botando umas mãos.

— Não — disse Catarina. — Já está tarde.

E Pedro então, sem insistir nem mesmo um pouquinho, foi levá-la de carro, o que era uma especial deferência da parte dele, pois a distância entre os dois apartamentos era curta e Pedro só usava o carro em último caso, o carro sempre limpo, impecável, na última vaga, a mais difícil de sair, da garagem do edifício.

Quando chegaram no apartamento de Catarina, dois minutos depois, Catarina saltou, deu um beijinho, e já ia saindo quando Pedro fez cara de ator de novelas e disse retendo-a: te amo. Depois ela foi andando para a portaria, sabendo que ia virar, como sempre, no último degrau, para dar o adeusinho: *ciao*. Na portaria o porteiro.

Catarina se virou e deu adeusinho: *ciao*. Mas fez isso antes de subir os dois degraus e não depois, como era seu costume, com uma das mãos no trinco. E demorou um pouco mais na virada, no adeusinho, porque o porteiro estava ali e ela estava começando a ficar com vontade de chorar.

Elevador, primeiro andar, a garganta doeu. Segundo andar, começou a escorrer.

Terceiro. Quarto, quinto, a mãe com a porta aberta, a mão na cintura, isso são horas. Devia ter visto Catarina chegar, da janela.

— Oi, Sofia. — A mãe cumprimentou a vizinha que tendo subido no elevador no terceiro andar olhava Catarina chorar entre espantada e deliciada. A mãe fechou a porta do elevador com a mão para que fechasse mais depressa, e repetiu isso são horas, antes de notar que Catarina estava chorando.

— O que houve? — Catarina nunca chorava.

Catarina queria dizer foi tudo uma merda. Catarina queria que a mãe a ensinasse: olha, você primeiro faz assim, depois espera assim e aí assim, mas aí Catarina olhou para a cara da mãe.

Olhou para a mãe como se a visse pela primeira vez, o que em parte era quase verdade, que a mãe havia feito já uma raspagem da pele do rosto para amenizar rugas, na antecipação de uma plástica — tratamento arranjado pelo seu então novo amigo, o médico, que fizera constar na ficha do Inamps internação de urgência.

A mãe olhava de volta para ela com as suas sobrancelhas depiladas franzidas, o que o médico tinha proibido terminantemente, pois arriscava todo o trabalho, ela devendo manter-se sempre com a expressão calma e feliz. A boca também franzida estava tão cerrada que lá não entrava nem agulha, quanto mais coisas maiores. Catarina olhou para a mãe. Olhou e viu que o que ela, Catarina, não sabia, a mãe também não sabia. E nunca tinha sabido, em que pese o pai, já morto, e o médico, recém-vindo.

Então disse:

— O Pedro contou que um colega meu lá da faculdade morreu.

E desandou a chorar, alto agora que podia, com a força que só a legitimidade dá.

A cara da mãe se transformou. Parecia as aulas de química que Catarina tivera no ginásio. Uma gotinha e pronto, o que era verde ficava roxo.

A cara da mãe se transformou:

— Não chore, minha filha. — E depois de um segundo mais: — Já disse para você não se meter com essa gente.

— Essa gente quem, mãe, gente que morre? — E Catarina de repente teve vontade de rir.

— Essa gente você sabe bem quem.

— Mamãe, ele morreu do coração, amanheceu morto na república onde ele mora.

E aí Catarina começou a dar detalhes, o colega era magrinho, coitado, nordestino, sabe, e ela ria e chorava, o nariz espirrando longe com cada novo acesso de riso. A mãe, já agora preocupadíssima, disse que ia preparar um copo com passiflorina, e Catarina aproveitou para ir para o quarto, onde se deitou. Disse ao ouvir a mãe entrar:

— Põe aí que daqui a pouco eu tomo — já sem nenhuma vontade nem de chorar nem de rir.

A NÃO VIRGINDADE DE CATARINA

Eu deixei Catarina e fiquei dando voltas. Fiz mais uma vez a curva no final da praia quando me lembrei de ligar o rádio; nesta época costumava ouvir a Nacional FM, que era uma das poucas estações que difundiam música popular brasileira. Começava a haver volta e meia cantores oriundos do Nordeste do país, alguns poucos que conseguiam entrar no circuito comercial, que beneficiava primeiro a música estrangeira e depois a dos artistas do eixo Rio-São Paulo e, pouco, Bahia.

Na voz e no sotaque dos cantores nordestinos eu revivia um pouco o jeito de falar do meu pai, vindo do Crato menino ainda mas sempre guardando nos ós abertos a vastidão de lá.

Diminuí um pouco a marcha ao passar perto da Galeria e espichei o pescoço e o olhar para dentro. Resolvi que quando estivesse voltando, do outro lado da pista, iria dar uma parada com o carro, em fila dupla mesmo, para ficar vendo o movimento. Depois disso passei por duas prostitutas e por famílias que espaireciam ao ar fresco da noite, e é estranho como me lembro tão bem desta noite, tantos detalhes.

Na verdade não parei na Galeria mas sim na carrocinha de cachorro-quente, pois tentava com o cachorro-quente e mais o refrigerante esquecer o gosto forte do queijo a me voltar, junto com o vinho, em golfadas azedas na boca.

Havia uma carrocinha específica onde eu costumava parar, em geral com Carlos Alberto, na volta das sessões da meia-noite dos cinemas de arte, ou das reuniões com os amigos. Gostávamos de ficar lá, sentados na mureta, sentindo a brisa do mar na madrugada e batendo papo com o vendedor. O vendedor morava numa das maiores favelas do Rio, ali do lado, e nós gostávamos de ficar fazendo perguntas que hoje reputo ingênuas, e cujas respostas reticentes e debochadas eram depois repetidas, embelezadas, nas reuniões e papos da faculdade. Eu e principalmente Carlos Alberto considerávamos ser amigo de vendedor de cachorro-quente um símbolo de status.

Nesta favela, segundo o vendedor, faltavam apenas os serviços básicos, ninguém precisando ensinar a ninguém como viver — como ele dizia:

— É só dar o que vocês aí do asfalto têm.

Os serviços que faltavam era o de coleta de lixo, luz e esgoto, embora, ele dizia irônico, grande parte dos moradores pagasse imposto e até mesmo, vai ver, mais imposto do que muita gente do asfalto. E olhava para nós. Ele estava certo, nós, estudantes sem renda, não pagávamos impostos.

Nestas horas concordávamos, sérios, mas dizíamos, misteriosos, que as coisas iam mudar para o povo. Ele concordava rapidamente, mas por motivos bem diferentes dos nossos. Ele tinha conseguido guardar um dinheiro e estava pensando em expandir o negócio. Tínhamos incômodas suspeitas de como ele tinha conseguido guardar o dinheiro, pois de vez em quando ele oferecia na barraquinha uns relógios, uns cordões de ouro que tirava de um saco plástico onde antes havia estado o pão do cachorro-quente.

Carlos Alberto uma vez chegou a comprar um relógio, não porque precisasse, mas porque não quis dizer não. Gostava, mais do que eu, de se considerar amigo do vendedor, e amigo paternalista, rico, pois Carlos Alberto, mesmo sem saber o quanto o outro tinha guardado, sem saber muito sobre sua vida, que entre mentiras e meias verdades o vendedor não era de falar muito sobre si, mesmo sem ter, portanto, muita base, Carlos Alberto se considerava muito mais rico do que ele, incorrendo num preconceito de nossa classe de intelectuais-aprendizes, que confunde o saber com o poder. Se o vendedor era ignorante, trabalhava num serviço considerado inferior, e se morava numa favela, pois então não havia dúvida. Carlos Alberto só podia ser mais rico. Depois viemos a saber que ele morava numa das muitas casas de alvenaria do morro, em propriedade de dois quartos, terreno grande, embora inclinado e com enorme pedra que ameaçava rolar. E com várias bananeiras, mamoeiros e um pé de manga carlotinha.

— Mais doce do que qualquer outra que se possa comprar em feira aí de bacana.

E um dia, como prova suprema de sua amizade e da qualidade de sua casa, o vendedor trouxe algumas mangas num saco, para que provássemos. Nesta noite ficamos sentados no murinho, chupando manga, arrancando a casca com os dentes e olhando a cara das pessoas que passavam, gostando de chamar atenção com nossas bocas amarelas, os dentes cheios de fiapos.

A mangueira dava, como viemos a saber, além das mangas, sabiás, que os cinco filhos do vendedor prendiam em alçapões para depois vender também. Nós nem tentamos nosso discurso ecológico, pois ecologia era luxo, como sabíamos, de país rico.

Éramos bobos e bem-intencionados.

Esta carrocinha de cachorro-quente ficava bem em frente à Galeria, mas do lado da areia, e o papo, nas muitas vezes que lá fui, acabava nos homossexuais que faziam ponto no local. Naquela época eles ainda se divertiam em se exibir, acintosos, chocando os casais de meia-idade e as famílias que lá passeavam, num hábito que iria sumir nos anos seguintes — ninguém mais se chocaria com homossexuais, e não haveria mais famílias e casais de meia-idade a passear em lugar tão propício a assaltos.

Nestas conversas o vendedor era taxativo, os veados deviam, seu doutor, é morrer todos. Sorríamos então paternalmente, cúmplices, eu e Carlos Alberto, na noção de que as classes menos favorecidas têm muitos preconceitos.

Enfim, tínhamos todos os vícios de pensamento dos estudantes universitários da nossa época.

* * *

Eu mal o cumprimentei. Pedi de dentro do carro mesmo o sanduíche, e segui, o sanduíche no colo, sem comê-lo. Eu estava meio hipnotizado olhando as luzes da praia e as dos carros. Eu estava naquela noite vivendo uma confusão e um espanto. Eu nunca havia sido um garanhão, sempre fui tímido e tenho um pênis pequeno que na minha juventude causava-me grande embaraço, o qual tentava contornar com piadinhas:

— Pica do Dr. Ross: pequenina mas resolve. — Essa era a preferida de Carlos Alberto, que se esborrachava de rir quantas vezes a escutasse.

Catarina tinha caído em cima de mim, sem que eu tivesse feito muito para conquistá-la. Fiz o que todos, ela inclusive, esperavam que fizesse. Mas me sentia confuso pois, apesar de tudo o que eu sabia dela, na verdade Catarina não era virgem.

Eu havia imaginado a cena toda. Morando em casa de duas senhoras, minha mãe e minha tia, precavi-me com uma colcha para evitar vestígios que seriam supremamente embaraçosos, mas não. Não houve nada, não havia nada. Era muito estranho.

Uns meses mais tarde, durante uma noite de confidências em botequim da qual me envergonho até hoje, entre um bolinho de bacalhau e um gole na cerveja, contei a Carlos Alberto o ocorrido. Falamos vagamente sobre hímen complacente e depois mudamos rápido de assunto, pois era implícito o fato de política ser mais importante do que mulher, o fato de virgindade de mulher ser um tabu cujas origens vinham do catolicismo, do sistema patriarcal, do capitalismo decadente e de tudo mais que já se sabia. Além do quê, era um assunto dificílimo para nós, rapazes de pouca experiência.

E para mim a dificuldade crescia ainda mais, por causa da educação que recebi em menino.

EU, MENINO, NOS ESTADOS UNIDOS

O velho Oscar puxou a perna dura e sentou-se, gemendo com o esforço, no degrauzinho da porta. Aí olhou para cima, para o azul-kodak do céu, e deu um suspiro de satisfação, porque estava na América e a América era tão melhor que o Brasil.

— Aquilo lá está uma merda. Acredite em mim. — E olhou indagativo para mim, para ver se eu tinha ouvido o palavrão.

Atrás dele eu vinha vindo de volta do banheiro, de onde aproveitara para dar uma olhadinha, a primeira, naquela casa fria, limpa e arrumada. O velho Oscar e eu tínhamos acabado de chegar, as malas ainda ali perto da porta, envergonhadas de entrar em quartos desconhecidos. O velho Oscar era meu tio e nós tínhamos ido visitar meu pai que estava fazendo um curso para oficiais do Exército, nos Estados Unidos.

— É, eu sei, tenho recebido notícias — grunhiu o meu pai. E o velho Oscar, repetindo às avessas o esforço que fizera para se sentar, se levantou para, enquanto passava um braço pelas costas do outro — o que não era fácil pois meu pai era alto —, falar sobre os choques havidos entre os fazendeiros e os camponeses, estes últimos uma cambada de vagabundos insuflados pela política anárquica e perniciosa daquele gaúcho safado. Aquele gaúcho safado sendo o presidente, o que não era necessário explicitar, ambos os interlocutores sabendo perfeitamente disso.

O velho Oscar falava em voz baixa, porque isso não era assunto para o menino, como dizia. E falava sem parar porque meu pai não era de falar. Então o velho Oscar fazia perguntas retóricas que ele mesmo se encarregava de responder e, ao ouvir suas próprias respostas, ia ficando cada vez mais indignado, vermelho, e a voz, malgrado ele, ia aumentando. E eu, que não queria ouvir, não porque não devesse, mas porque o assunto me aborrecia, tornei a entrar, sentindo o frio da casa na camisa ainda suada da longa viagem em limusine.

A minha passagem tinha sido paga pelo Exército e a do tio Oscar também, mas só vim a inferir isso mais tarde, muito mais tarde, depois que o velho Oscar morreu. Pois o velho Oscar era irmão de criação de meu pai, e não irmão verdadeiro, e tinha um emprego público na Rede Ferroviária Federal. Não devia ganhar bem, nem portanto poder pagar uma viagem aos Estados Unidos.

O velho Oscar estava me levando para que eu aproveitasse, nas suas palavras, a oportunidade maravilhosa de conhecer aquele grande país e aprender inglês, um instrumento de incalculável valor na minha futura carreira de engenheiro. Porque já que eu, como uma mula, me negava a entrar no Colégio Militar, ameaçando boicotar os exames e pôr a perder assim o dinheiro investido, eu, então, iria ser engenheiro mecânico, já estava decidido, uma carreira com menos brilho, mas boa também.

O velho Oscar iria voltar antes de mim, e eu quando acabassem as férias. E na parte de dentro das coxas, sentia a costura da calça de brim nova comprada na manhã do dia anterior; quando já em solo americano, nós precisamos esperar pela limusine que só viria às duas horas. A costura da calça, a primeira fatia da riqueza americana (e a única) que eu gulosamente incorporara, a costura da calça me incomodava ao sentar. E depois também, quando tornei a me levantar para ligar a televisão.

Nesta casa passei um mês. E de tanto ver televisão, aprendi de fato um pouco de inglês que minha mãe gostava de fazer-me exibir para os outros enquanto dizia:

— Inglês aprendido na América!

Mais tarde, quando bati na máquina de escrever do meu vizinho — o da história do gato — o meu primeiro currículo, escrevi sem sentir, sem pensar, porque tinha sido assim que ouvira tantas vezes minha mãe falar, escrevi: inglês aprendido na América. E foi preciso o vizinho dizer tira "América", não fica bem.

De manhã meu pai ia para o curso e eu também deveria ir para uma escola que ele tinha arranjado por perto, mas depois de uns dias não quis mais voltar lá.

A professora já havia falado antes: tem uma menina aí que também fala português. Mas a menina tinha tirado uns dias de férias, a professora avisaria quando ela voltasse. Um dia:

— É aquela ali. *Marline!*

E eu, procurando entender nos lábios da professora o pouco inglês que tinha dado no ginásio:

— Marlene? É, acho que é. Ela não sabia se Marlene era brasileira ou portuguesa, e isso não significava uma diferença marcante aos seus olhos. A menina chegou perto de nós e a professora continuou:

— Vamos, *Marline*, fala alguma coisa aqui em português com seu novo colega.

E eu, tímido:

— Oi, Marlene, tudo bem?

Primeiro houve o espanto. Depois na cara suja foi brotando um ódio que eu não merecia. A menina olhou duro para mim, depois para a professora, e, virando-se, desvencilhou-se com um safanão, e saiu correndo.

A professora sorriu o que era para ter sido um sorriso de desculpas mas que não era.

— Sabe, eles não gostam que a gente diga que são estrangeiros. Adoram parecer americanos.

A professora estava deliciada. Eu não voltei mais.

De manhã meu pai ia para o curso e o velho Oscar então começava a dar uns pulos pela casa, enquanto berrava "um dois um dois um dois" — isso ainda de pijama, que depois tirava, na minha frente, para, nu, antes do banho de chuveiro gelado, como convém para revigorar a circulação e ativar a musculatura, mostrar para mim o quanto sua barriga era dura e forte, o bíceps do braço. E como ele ainda conseguia fazer todos aqueles movimentos — e os fazia então à guisa de mostruário — mesmo tendo uma perna dura.

Mas eu só conseguia olhar para a enorme berinjela fosca que se balançava no meio das suas pernas, pois o velho Oscar era meio mulato e o seu sexo, roxo-escuro.

A ideia era me transformar num homem, segundo sua frase, e eles — meu tio e meu pai — não tinham muito tempo para tal metamorfose, já que no final das férias eu estaria de volta, como diziam, às saias da minha mãe.

E era então para me transformar num homem que o velho Oscar exibia seu corpo de velho duro, e ao notar meu interesse pelo que lhe ia entre as pernas, passou, para meu desconsolo, a acrescentar mais uma matéria às aulas diárias de como passar a ter um corpo de homem. Corpo que eu teria assim que começassem a surtir efeito os pulos e os infindáveis "um dois um dois um dois um dois um dois" que meu tio me obrigava a repetir, atrás dele na sala, corredor, quarto, corredor, cozinha, sala, e tudo outra vez, parecendo — eu temia — que éramos dois malucos, um velho nu, um menino de óculos, a pular numa casa e numa vila onde todas as casas eram iguais e, àquela hora, desertas.

E o que eu faria assim que obtivesse o corpo de homem era o que me pareceu, naquela época, algo muito estranho. Não só pela descrição crua que meu tio fazia, mas também por causa de seus olhos que começavam a brilhar assim que começava a falar no assunto. Eu ficava imaginando a berinjela em ação enquanto o velho Oscar, as pernas cruzadas, mal enxuto do banho, mãos no bolso da calça larga de ficar em casa, sentava-se no sofá e ficava olhando sem piscar para mais além da luz branca da televisão, distraído e com os olhos brilhando.

Depois, nós nos sentaríamos à mesa, junto com meu pai, as toalhinhas de plástico para cada um, em cima das quais ficava o prato de papel-alumínio tirado do forno, com a comida pronta em montinhos separados, tudo tão prático, não? dizia meu tio para puxar conversa.

E depois as três camas, o quarto do meu pai, o do velho Oscar, eu me ajeitando no sofá da sala, onde meu tio havia passado a tarde a olhar o vazio. Resfolegava, achando que sentia o cheiro dele, e umas tosses e uns pigarros ainda iam como visitas, de cama em cama que a casinha tinha paredes finas e até o se mexer de cada um na cama era escutado pelos outros. Mas aos poucos o aquecimento central ia afogando tudo, todas as noites, num mingau pasteurizado.

O velho Oscar não ia se demorar muito nos Estados Unidos, eu ficaria mais um pouco. O combinado era meu pai, aproveitando os feriados de Natal, levar-me para conhecer as redondezas. Depois eu seguiria de avião sozinho até as saias da minha mãe, que estariam me esperando já no aeroporto.

O velho Oscar tinha ido conhecer os Estados Unidos, e fazer também um favor para um amigo de meu pai. Trazer uma mala, já estava tudo arranjado. Se ele não quisesse, não precisava se preocupar — dissera meu pai na sua voz cantada e rara.

— Encontraremos outro jeito.

Mas o velho Oscar quis.

— Está bem, nós ficamos te devendo este favor — respondera meu pai.

O velho Oscar quis, as narinas tremendo de emoção, olhando para longe, tão importante, o pescoço esticado, quase crescia mais alguns centímetros. O velho Oscar era ferrenhamente do lado do nós, contra os eles.

Na hora da despedida, a mala já dentro do avião, sem que ele nem a visse deu uns tapas nas costas mais altas do meu pai e deu, também, uns tapas fortes nas minhas, como se eu já tivesse me tornado de repente o tal homem planejado por ele, mais um homem testemunhando aquele momento solene, aquele evento heroico. Chegou a se comover com a sua própria cena e com um olho meio molhado disse bem, lá vou eu.

Também fui embora, logo depois, antes do que havia sido combinado, antes do tal passeio pelas redondezas, porque já estava enjoado de televisão.

O velho Oscar era o irmão de criação de meu pai e havia um irmão mais novo, verdadeiro, que morreu também, e que era homossexual.

— Veado mas veado ativo — frisava o velho Oscar, procurando pescar com os olhos os olhos dos outros, que ninguém gostava muito do assunto e achava que ele era um inconveniente de ficar falando essas coisas, principalmente na minha frente. O velho Oscar falava baixo quando falava nisso, mais um dos assuntos tabus, mas a voz, apesar de baixa, era peremptória:

— Não se trata de um veado na acepção da palavra. Ele come lá as bichas dele, é isso. Ele come lá as bichas dele. — E sorria, satisfeito por ter achado uma solução para o enigma de ter um irmão, um meio-irmão, veado.

Esse meu tio veado morreu pouco depois de uma visita que fez à minha casa, que minha mãe, embora sabendo que seu casamento com meu pai não mais existia, ainda procurava manter as aparências, o relacionamento com o cunhado, e a casa — o que conseguiu por um período bastante longo.

Mas imediatamente após minha chegada dos Estados Unidos, o tio Oscar é quem morria, num acidente de carro que ele teimava em dirigir, apesar da perna dura. O carro tinha explodido, o enterro foi de caixão fechado.

Nos sete anos de Pendotiba, e de abertura, foram estes os fantasmas que carregamos, sem saber onde aportar para descarregá-los. Os velhos fantasmas familiares que toda geração tem, e mais outros que fomos obrigados a suportar, e dentre estes últimos havia os fantasmas de nós mesmos, mas não sabíamos disso. Passamos sete anos sonhando com um porto e, no fim, o que nos pareceu tal porto eram as terras de Berberônia, más terras — e Pendotiba naufragou, literalmente, durante um temporal, enquanto o Brasil naufragava nas lágrimas por um presidente morto, um civil, o primeiro.

Recuperei-me, no entanto. E os outros também. Todos nós.

Eu mato, eu morro, eu volto para curtir.

8.

Quando Pedro ganhou o gato, o gato ainda era pequeno. Parecia os pompons de lã que Pedro fazia sentado perto da tia, que na sua máquina de tricô tecia pulôveres e enxovaizinhos para vender. Pedro enrolava a lã no garfo e os pompons saíam sempre frouxos, feitos sem paciência, eles soltavam os fios, e o gato também soltava fios.

Pedro enrolava lã no garfo e a tia dizia:

— Não é assim, rapazinho, nã, nã, nã.

Pedro então tornava a enrolar e a lã ia ficando suja e os pompons, azuizinhos, cor-de-rosinha, amarelinhos — uma vez Pedro tentou estraçalhar um com os dentes, na impossibilidade de fazer o mesmo com a jugular da tia que também era cor-de-rosinha com tons amarelinhos e, bem em cima da veia, azulzinha. Pedro tentou estraçalhar um para ver se, com a boca cheia de lã, não dava o berro que estava com vontade de dar. Mas se arrependeu, a boca cheia de pelos, até de noite na cama sentindo a boca cheia de pelos. Mas os pomponzinhos, de tanto enrolar e tornar a enrolar, iam ficando cinza e o gato era assim, amarelo com tons cinza, e ambos, pompons e gato, sempre esfiapados.

127

Assim era o gato, e como o gato, os pompons. Depois de um certo tempo na mão, começavam a soltar os fios, que Pedro, nervoso, tentava esconder, já que ele ganhava um dinheiro por cada pompom entregue à tia. Ela pensava acrescentar deste modo um pouco de responsabilidade e maturidade em Pedro, que afinal já estava um rapazinho. O gato soltava fios, mas não só os amarelos e cinza que entravam na boca, nariz e olhos de Pedro e de quem mais do gato se aproximasse. Mas soltava também fios brancos, os piores, que logo se avermelhavam com sangue — os fios dos arranhões inscritos na pele, arranhões que o gato distribuía na mesma dose de prodigalidade com que distribuía os outros, os cinza e amarelos, para todos os que dele se aproximavam para o inevitável: mas que gracinha, pst pst. Pois o gato era bravo.

Uma das histórias sobre o gato de Pedro era a de que ele era filho de gato-do-mato.

O gato apareceu uma vez que Pedro tinha ido ao dentista. Para distraí-lo enquanto arrumava a posição do aparelho de arrancar dente, o dentista contou que a gata dele tinha cruzado com um gato desconhecido e tinha tido três filhotes. E que os filhotes eram tão bravos que ele, o dentista, achava que a gata tinha cruzado com um gato-do-mato, desses que na época ainda existiam pelos morros das redondezas de onde dentista e Pedro moravam, ele ainda com pai formalmente mas não mais de fato casado com a mãe, que isso aconteceu ainda antes da mudança para a casa da tia, em Botafogo, e da separação definitiva dos dois.

O dentista achava que a gata tinha cruzado com um desses gatos, o que é que Pedro achava. Pedro não achava nada porque estava com a boca aberta, o suor escorrendo pelo braço na antecipação do inevitável, a mão doendo de tão crispada, e de qualquer maneira não gostava de gatos. Mas o dentista estava gostando da própria história.

— É, ha! ha! gato-do-mato, que sem-vergonha, hein, e piscava um olho para Pedro.

A gata do dentista — e da mulher do dentista, que estava sentada na mesinha ali perto (era ela que se fazia de enfermeira e secretária do consultório) —, a gata deles era branca, manca de uma perna, com laço de fita no pescoço, tomava banho de xampu e era mimadíssima, que o casal, tantas horas passadas os dois juntos perto da mesinha dos ferros e das pinças, perto dos berros e das bocas escancaradas, o casal não tinha filhos.

Se Pedro iria querer um dos filhotinhos.

Pedro fez um "hã, hã" cheio de baba e de boa educação, e também para que o dentista não pensasse que ele já havia morrido, e apertou mais as pernas cruzadas para ver se a sensação confortante de pressão na virilha o distraía do cheiro de remédio e da conversa idiota. Quando soube do gato, a mãe de Pedro fez um "hã" só, indiferente, porque de qualquer maneira não tinha a menor intenção de dar comida para gato nenhum. Seria mais um bicho vadio a rondar pelo quintal.

O gato ficou sem nome, era chamado de "o gato de Pedro" porque era ele quem às vezes lhe dispensava um carinho distraído, no meio dos vários pontapés e sai-daís, e mesmo esse pouco carinho, o gato não o recebia de mais ninguém.

Mas, seja porque a história da gata branca com laço de fita e do gato-do-mato vindo do morro fosse realmente uma boa história, seja porque Pedro tinha um jeito tão duro e seco que gato para ser dele só podia mesmo ser gato-do-mato, o caso é que a história ficou. Uma dessas histórias que se conta e no fim nem se conta mais, de enjoo, de tantas vezes que foi contada. Pedro, quando criança, tinha tido um gato filho de gato-do-mato.

Isso era tudo que Catarina, quando conheceu Pedro, soube a respeito do gato, graças a uma de suas visitas de ponta de sofá, quando a falta de assunto tinha levado a pouca conversa para o assunto mais óbvio: a infância de Pedro.

Mas tinha mais. Tinha, por exemplo, a história dos passarinhos. Pois o gato de Pedro costumava pegar os passarinhos da casa velha, e mesmo depois que eles se mudaram para o apartamento da tia continuava pegando, rolinhas desta vez, que eram os únicos passarinhos burros o suficiente para pousar em janela de cortina, varal e vasinho.

O tio veado foi visitá-los, ainda na casa velha, para entregar uma encomenda do pai, que acabara de se reformar e agora inaugurava um posto de assessor de sabe-se lá o quê numa companhia estatal do Nordeste. E o tio levou um canário vermelho--sangue premiado, porque ele também estava se mudando na ocasião, e o canário — e ele explicava, afetado — era muitíssimo premiado e não aguentaria a mudança de clima. Enquanto falava, Pedro, fascinado, o mirava e levou um tempo para responder, porque estava tão distraído, quando o tio perguntou se Pedro poderia ficar com o canário.

O tio veado estava sentado num sofá amarelo de plástico que então havia, todo já rasgado pelas unhas do gato. Pedro estava sentado numa cadeira de palhinha, a melhor das quatro, a mãe fazendo um café na cozinha e o tio veado fumando, muito à vontade, lançando suas baforadas em sinuosos anéis aéreos, sem ligar que naquela casa, ordens do pai ausente mas sempre obedecido, não entrava cigarro e, aliás, nem bebida alcoólica.

Pedro foi levar o canário para o quintal e pendurou o bicho num dos pregos de samambaia que havia. E quando voltou, o tio veado cantarolava sozinho na sala. Pedro se sentou e estavam os dois sentados lá, quando o gato passou com o canário premiado, já morto, na boca. O canário que era vermelho tinha vermelho que pingava e vermelho também nos dentes e beiços do gato. Pedro, que o conhecia, sabia, o gato estava orgulhoso de sua façanha, e só havia caçado o canário por orgulho e desfastio, porque não os comia, os passarinhos que pegava, só gostando de sardinha crua, comendo-as num pratinho rachado que depois de muita reclamação e hesitação a mãe afinal passou a lhe destinar, todos os dias, perto da entrada da cozinha.

O gato comia as sardinhas e se ouriçava quando Pedro, tão seduzido quanto ele pelo cheiro de maresia que saía do prato, se aproximava. Mas o gato fazia pffffff e Pedro saía.

O tio veado se levantou, mudo, deixando o cigarro cair no chão. Pedro também se levantou, e nesta hora vinha chegando a mãe de Pedro com o café, e ficaram todos parados, o gato no centro, até que o tio veado saiu, mudo, sem se despedir, e o cigarro ficou lá no chão encerado, queimando sem pressa, e a mãe ficou segurando o café, também quente, e por uns instantes ficaram essas duas fumaças se mexendo lentas, na sala. E Pedro, que já havia ouvido um dia a mãe dizer que fora o diabo a se apossar do espírito do cunhado, achou que as duas fumaças eram o que restara da presença do Belzebu.

Esta foi a última vez que Pedro viu o tio veado, morto de um ataque cardíaco durante o incêndio do edifício que ficava ao lado do seu escritório em São Paulo, o que veio corroborar a tese de Pedro: toda aquela fumaceira, Belzebu não resistiu.

Na mesma época em que um dos generais-presidentes podia editar decretos secretos que mesmo secretos nem por isso deveriam ser menos obedecidos, o vizinho de Pedro em Botafogo tinha sido preso, solto e depois raptado. O vizinho era sócio de uma firma que prestava serviços de segurança a bancos e empresas e acontecera de vários bancos, clientes da firma, terem sido assaltados por componentes dos movimentos da esquerda radical. Alguns dos empregados da firma tinham sido incriminados, o assunto saíra nos jornais. Não saíra, porém, que depois de solto o ex-vizinho havia sido raptado, mantido preso num lugar que ele achava ser um sítio no subúrbio, não só pela distância percorrida no carro preto fechado, encapuzado e deitado no chão, como pelo calor abafado característico desta região e que excluía a possibilidade de o cárcere clandestino ser na serra ou no litoral sul. O vizinho havia passado uns tempos neste local, de onde fugira por um golpe de sorte e, depois de um período de recuperação em esconderijos trocados de dois em dois dias, ele saíra do país, primeiro para o Chile e depois, já que o regime de lá mudara, Milão e, enfim, Paris.

E ele contou a Pedro, em Paris, que neste local clandestino um dia ele acordara de um desmaio com as lambidas ásperas da língua de um gato e que o gato, ele tinha certeza, era o gato de Pedro. E que o carcereiro tinha dito que o gato devia ser um puto comunista igual a ele para lambê-lo desse jeito, pois o gato era bravo e arranhava todos os que chegavam perto dele, e que nem comida eles lhe davam, o gato se alimentando de bichos que pegava por ali, passarinhos, ratos.

E contou também que o carcereiro, depois disso, deu um pontapé no gato, atirando-o contra a parede, onde o tinha costurado a tiros de metralhadora. E que ficara rindo depois, olhando para o ex-vizinho e dizendo: depois é tu.

E Caloca, ao ouvir a história, dissera:

— Esse cara tem alguma raiva de você, Pedro, vai ver que porque seu pai era militar. Imagina que história sem sentido.

E Pedro rira, embora não com tanta facilidade quanto Caloca, porque ele também achava a história — e o ex-vizinho — com cara estranha. O ex-vizinho parecendo mesmo muito estranho. Depois, com o tempo, Pedro passou a ter essa conversa com o ex-vizinho a lhe voltar à cabeça, mas não falava.

O que Caloca não tinha jeito de saber é que as poucas palavras trocadas no breve encontro parisiense com o ex-vizinho o haviam convencido sobre o gato. Caloca não tinha jeito de saber porque Caloca não conhecera o gato. Quem o conhecera não o esqueceria nem o confundiria com nenhum outro. O ex-vizinho devia estar certo. O gato do sítio usado pela repressão era o mesmo gato da infância de Pedro.

Porque o gato nunca tinha se acostumado com o apartamento da tia em Botafogo, apesar de, gostando de sardinha crua como gostava, ter nas manhãs bem cedo — antes que o cheiro de óleo diesel dos ônibus tomasse conta do ar — o cheiro da maresia que chegava do mar logo ali. Apesar disso, e das rolinhas na janela e da colcha verde macia que a tia havia posto na cama que destinara a Pedro. Pois o gato dormia o dia quase inteiro na cama de Pedro, e de noite, nervoso, andando pela sala e arranhando a pintura da porta, o gato miava. Miava desde o entardecer, e a tia suspirava, espanando os pelos — os imaginários e os reais — do seu nariz, enquanto resmungava deus-me-livres dum jeito que ela tinha de resmungar, sem ser para ninguém, para ela mesma, sem olhar para Pedro, que ficava com vontade de pegar o gato e esfregar ele no sofá (o da tia, que o amarelo, o deles, havia ficado junto com outros trastes no fundo do quintal da casa velha), nas paredes, na cama em que a mãe e a tia, juntas, dormiam, no carpete, nas panelas da cozinha, nas pernas dos vizinhos queimadas de sol, e na pia sempre tão limpa da cozinha.

Depois, manhã já alta, a tia, a mãe e Pedro no elevador, Pedro sentia por trás dos bons-dias os olhares de ódio dos vizinhos. O único que não ligava para os miados do gato era o vizinho do lado, dono de um cachorrão igual a ele: gordo, despenteado, esbranquiçado e sonolento. O gato miava, o cachorrão latia, o relógio batia, e de manhã, no elevador, Pedro e ele se cumprimentavam, cúmplices, com vontade de rir, companheiros unidos no mesmo destino — o térreo e o ódio.

De tarde a mãe olhava para Pedro com atenção, porque tinham dito que ele, Pedro, ia ficar com problemas por causa da separação, da mudança, enfim, de tudo, e que o gato podia ajudar: elo afetivo e essas coisas. A mãe ficava olhando Pedro com atenção para ver se o gato valia o sacrifício, Pedro fazia cara de louco, olhar perdido, e o gato ficava mais um dia.

Pedro fazia isso não porque quisesse o gato, mas porque queria que mãe, tia e mundo se fodessem. Se o gato ajudasse, então viva o gato.

Mas um dia o pai, então numa de suas agora raras visitas ao Rio e ao filho, veio e tudo já devia ter sido combinado antes pelo telefone — com a tia, que pai e mãe nunca mais se falaram. Porque o pai chegou e já foi avisando de um sítio de um amigo dele, no subúrbio, onde o gato — Pedro que não se preocupasse —, o gato ia ficar muito bem instalado, e o gato foi.

Pedro comprara uns biscoitinhos e cerveja, numa expectativa nervosa, pois a visita do ex-vizinho se mostrava difícil. Pedro tinha telefonado, mandando recado, já suspeitando falta de vontade do outro em revê-lo. Mas Pedro já tivera antes essa mesma impressão de outros exilados e achou que estava se deixando levar por uma paranoia qualquer, que não poderia haver razão para o ex-vizinho não querer vê-lo. E insistiu. Até a marca dos biscoitinhos ele escolhera com cuidado, pedindo orientação a Tânia, mais versada que ele em biscoitinhos franceses. Não deviam ser baratos, do tipo desatenção, mas também não podiam ser muito caros, do tipo burguês. Pedro se preocupava também com o papo, e o que o ex-vizinho iria achar do fato de ele, Pedro, estar dando aula numa faculdade cara, ruim e particular.

Preocupações recentes, que quando os dois se conheceram, Pedro adolescente e o vizinho um solteirão de quarenta anos, não havia nenhum problema quanto ao papo.

Pedro, mal terminava o jantar, dizia: vou até o vizinho, e ia, onde era tratado como adulto, ganhava uma cerveja e ficava vendo filme ou jogos de futebol, enquanto na sua casa as mulheres viam novela; e Pedro via os filmes e os jogos com os pés em cima da mesinha, afastando para isso os jornais velhos que lá faziam pilha.

Às vezes era o vizinho que ia até a sua casa, cumprimentava a tia e a mãe com cara irônica:

— Boas noites, minhas *senhôras*. — E ia direto para o quarto de Pedro, onde se escarrapachava na cadeira e ficava fumando e falando besteira, futebol, calor etc., embora ora a tia ora a mãe sempre aparecessem na porta para espiar o que eles estavam falando, o que muito os divertia. Às vezes nem falavam nada, ficavam debruçados na janela a olhar a rua — o apartamento do vizinho era de fundos — e a falar mal dos outros vizinhos e a contar piadas, se sacudindo às vezes pelo riso, o que deixava mãe e tia mais incomodadas ainda.

O que Pedro gostava do vizinho era que ele era calmo. Dizia:

— Não esquenta.

Nada parecia incomodá-lo, e quando entrava na sua sala desarrumada Pedro sentia alívio; a presença da mãe e da tia eram presenças pesadas, presenças sempre presentes. Um dia Pedro escreveu com a ponta do dedo no pó grosso da mesinha: cu da mãe tem dente que morde o pau da gente.

E riu feliz, sozinho na sala, que nesta hora o vizinho estava tomando banho para sair depois com uma das suas incontáveis noivas ("nasci para viver sozinho"). E Pedro sabia que ele não ia sequer notar a frase escrita no pó, e, se notasse, riria.

Aos poucos o cachorrão do vizinho foi se acostumando com Pedro, e quando Pedro se esparramava no sofá para ver televisão o cachorro se esparramava do lado, com um suspiro fundo que o fazia rir. E o gato, por sua vez, quando o vizinho passava pelo seu quarto, cheirava-o, sentindo o cachorro, mas depois, quando ele lá se demorava, se esfregava pelas pernas do vizinho, do jeito que gatos fazem, espichando o rabo, o que era um sinal — nele raro — de querer fazer amizade.

Quando o vizinho sumiu, o que Pedro soube por cochichos entre tia e mãe, apareceu uma das muitas namoradas dele, de olhos vermelhos, para pegar o cachorro. Pedro teve vontade de dizer o quanto gostava do vizinho, do cachorro, da casa empoeirada, e o quanto ele estava triste. Chegou, num impulso, a entrar no elevador que se fechava, e desceu até o térreo com a moça. Ele entrara no elevador depois de ter visto o movimento pelo olho mágico de sua porta e queria dizer alguma coisa para a moça. Mas ficou o tempo todo olhando para ela, que, olhos vermelhos fixos no chão, não o encarou, e afinal chegaram lá embaixo, a moça segurando o cachorro que, este sim, olhava para Pedro e abanava o rabo. A moça dizia vamos, Castelo, vamos, que o nome do cachorro era Castelo Branco, e essa era a única expressão de alguma preocupação política que o vizinho tinha jamais demonstrado na frente de Pedro.

No térreo, a moça se afastou e Pedro disfarçou a descida inútil de elevador, indo até o botequim, onde comprou uns fósforos dos quais não precisava. Jogou-os discretamente, ou melhor, deixou-os cair, na sarjeta. E voltou, já que não tinha nenhum outro lugar para ir.

9.

Era sábado de Carnaval, o sábado escolhido para a festa. E Caloca e Catarina estavam no alto da estradinha, vendo Pedro sair do carro carregando um pacote que, Catarina pensou, deve ser o champanhe. O champanhe, Catarina, e não a champanhe. Pedro era um saco. O papo tinha começado com Caloca dizendo que estava com saudade de uma festa, uma puta duma festa, tinha dito ele, com cascata de camarão, champanhe, garçom ao alcance do braço, canapé quente, mais canapé, canapé frio, todos os venenos do mundo, que eu quero — dissera ele — me entupir de veneno. Quero ficar sentado e comer, comer, beber, ouvir música e não quero nem conversar, só ficar lá, comendo, bebendo, ouvindo violinos e olhando os outros, o ridículo dos outros.

E aí Tânia disse, para implicar, olhando com o rabo do olho para Caloca, que então eles dariam uma festa para comemorar com atraso a vitória do candidato dela ao governo do estado. E Caloca disse: nem morto. Mas Pedro disse: vamos sim, a gente morre, se suicida na festa de tanto comer e beber. E Caloca:

137

— Então está bem. Qualquer coisa serve, eu quero é uma festa. — E de repente lembrou: — E a festa de casamento? Cadê a nossa festa de casamento?

E aí todo mundo ah! é! que João já estava grande e eles ainda sem fazer a porra da festa, e então Pedro disse:

— Vamos fazer. A gente convida aí uma que outra pessoa, vai ver nem precisa, fazemos a festa nós quatro mesmo. Mas vamos ter que nos vestir bem ridículos que é para podermos caçoar de alguém, no caso nós mesmos. Pomos umas músicas e dançamos.

Acabou que camarão estava caro e violinos, afinal, eram um pouco demais. Mas champanhe sim, e combinaram então que as mulheres se vestiriam de homem e os homens de mulher. E como era Carnaval, depois das duas partidas de biriba tradicionais (já fazia algum tempo que eles, quando anoitecia, jogavam um biribete), ao invés da negra, sairiam os quatro pelas estradas de Pendotiba, num bloco cuja bateria já estava resolvida.

— A bateria é minha. A bateria é minha — berrou Catarina já animadíssima de ter conseguido um fim nobre para uma velha panela que grudava no fundo mas que ela não jogava fora porque ela não jogava nada fora.

E o estandarte, Tânia disse que fazia e fez. Cetim azul-cafona, com letras de cartolina recortada dizendo: Bloco Enfim Ganhamos, a origem do nome sendo a origem da própria festa que só deveria ser dada quando, enfim, ganhássemos.

Mas o nome, como tudo naquele dia, causava discussão. Caloca querendo saber exatamente quem era o nós e, uma vez isto bem claro, o que ganháramos. E repetia: mas ganhamos o quê? Mas o que é que ganhamos? E quando as pessoas diziam não torra e se afastavam, ele ia atrás:

— Não, me diz: o quê?

O nome do bloco acabou sendo colado com cola Polar por

Tânia meio à revelia dos outros que diziam vamos ver, quem sabe a gente arranja nome melhor, e de Caloca, que mesmo ajudando a passar cola continuava a resmungar: mas o quê?

Catarina sentou-se no murinho para esperar a longa subida de Pedro, se sentindo cansada e até mesmo irritada de ouvir lá longe uma batucada. Começaram cedo. Na estrada, espiando Pedro sair do carro, dois clóvis, ou que por saudosismo se poderia chamar de clóvis. Os moleques tinham capas futuristas, um de super-homem, o outro de retalho de nobre de escola de samba mas que com o capacete de papel-alumínio virava nobre--astronauta. Os clóvis, personagens de Carnavais antigos, tinham dado um pulo e aterrissado no futuro. No caminho, com suas varas compridas de bexiga na ponta, tinham feito um ataque--surpresa ao capô do carro novo de Pedro, este também prateado, de um prateado duradouramente presente — que era o que devia ter aborrecido os clóvis e motivado o ataque, agora já seguido de fuga rápida. Pedro vociferava de pé na rua, empunhando um dos champanhes com uma mão e com a outra alisando a ofendida lataria do seu carro. Bela imagem para um ex-subversivo.

Mas Caloca estava dizendo alguma coisa. Estava dizendo que o melhor era Pedro ir com ela levar o garoto para a casa da avó, e disse a frase esperada:

— Carnaval, sabe como é que é.

Catarina ficou pensando que eram engraçados esses momentos perdidos em que Caloca exercia seu papel de homem, a proteger a mulher, ser mais frágil. E logo com quem, com Pedro, que, cada dia mais magro, era capaz de desmanchar ao menor bafo de cachaça soprado pela janela aberta do carro.

— E não se esqueçam de fechar os vidros do carro.

É claro. Imagine se ia faltar.

Catarina não disse nem sim nem não. Aliás, se tivesse que mexer um dedo para salvar a própria pele era capaz de hesitar um instantinho, tal o cansaço, a moleza, na antecipação deste dia quente, tão quente que as coisas iam ficar parecendo a casca de si mesmas, o conteúdo já tendo derretido. Catarina matou um mosquito com um tapa, na perna molhada de suor. Pensou que estava com vontade de dormir, mas não ali em Pendotiba. Num hotel, num hotel de luxo, ar condicionado, silêncio, televisão ligada baixinho a noite inteira, sem ligar para a conta da luz.

Almoçaram, Pedro levando sua salada para a esteira que estendia embaixo da exígua sombra da maminha-de-porca, a única árvore que, desde os tempos da planta de autoria do Gustavo, tinha dado um jeito de crescer. Nem era bem uma árvore ainda. Arvoreta. Era assim que Caloca a chamava, talvez para não dar o braço a torcer que o célebre desenho A.3., no fim, até que tinha acertado em parte.

A maminha-de-porca ficava bem em frente ao único pedaço de murinho que ainda se mantinha de pé, na varanda, e que era onde Catarina e Caloca se sentavam. Caloca neste dia estava discorrendo sobre os perigos que o sol trazia para o eitozinho de milho. Eitozinho de milho era uma nova aquisição vocabular de Caloca. Tinha sido roubada do Sebastião, o marido da Otávia, que era, além de caseiro, o inventor do eitozinho de milho a se derramar colina de trás abaixo. Caloca falava eitozinho, e o eitozinho escorria-lhe de puro gozo queixo, e não mais colina, abaixo. Que "eitozinho" era palavra que cheirava a negra, a cigarro barato, a povo, ou pelo menos a peça de Brecht representada em palco improvisado de cidadezinha do interior.

Que Caloca continuava com essas coisas, essas vontades de ser povo, ou, pelo menos, ator de Brecht, tendo seguido mesmo a carreira de professor par défaut (ai, que lindo). Porque ser professor — e isso ele tinha entendido perfeitamente desde seus tempos de monitor — era também pertencer à classe teatral, com a vantagem de ser um pouco — mas só um pouco — mais bem pago.

Tânia só ia vir mais tarde um pouquinho, que Tânia de uns tempos para cá inventava coisas para as manhãs de sábado. Segredos escondidos atrás de duvidosas compras e arrumações, o que irritava os outros três, e esta irritação era um novo segredo, já que ninguém estava lá para dar o braço a torcer.

Comeram a salada, Pedro de sunga e garrafa de cerveja, já para começar — dissera ele com as pernas magras e brancas cruzadas na posição de lótus, deixando aparecer a fímbria do saco, numa versão peluda e enrugada do peito da saudosa Rosário. Sunga e sutiã igualmente pretos: Caloca suspirou. Se visto por trás, Catarina tinha certeza, Pedro teria à mostra um comecinho de bunda, e ela se incomodava com esses pedaços de bunda e saco ao vento. Passados tantos anos, e tanta Tânia e Rosário, e ela continuava achando que a nudez de Pedro lhe pertencia.

Pedro falava sobre os perigos da gravidez de Otávia, que Otávia estava grávida e — segundo Pedro — Caloca e Catarina que se cuidassem, pois se Otávia e o marido registrassem a criança como nascida naquela casa, o que sem dúvida fariam, havia o perigo de o registro servir depois para um processo de usucapião.

— Registro de filho e mais o seu eitozinho de milho configuram uso da terra, meu amigo.

E arrematava categórico: daqui a cinco anos não haveria advogado que tirasse os caseiros de Pendotiba. E falava com segurança, já que conhecia bem o assunto. Riu. Não tinha ele lutado a favor da reforma agrária?

A sensação de fome continuava, sensação que vinha vindo desde quando? Nenhum dos quatro sabia. Tinha sido um dos motivos da festa, embora desde que a festa surgiu até aquele sábado, ao invés de crescer, minguara: primeiro os camarões, depois o ponche, depois os convidados, depois o patê (patê também já é suicídio, porra). Agora, os quatro já sabiam, a festa não ia satisfazer sensação de fome nenhuma. Como, aliás, a salada também não.

Era, não era bem fome, era um vazio e eles pensavam em churrasco gordo de costela servido no espeto com muita farofa de ovo, aipim frito, cerveja, molho escorrendo, pão quente, e não era bem isso. Empadinhas de camarão, pastel de queijo bem grande, camarão empanado do chinês, coxinha de galinha feita na hora, bolinhos de bacalhau, não, arroz à carreteiro, logo de uma vez, ou então virado à paulista, feijão-tropeiro com o toucinho de porco quente de queimar a boca, e pode comer antes, que quando acabar vem mais. Mas, pensando bem. Vatapá? Vatapá com pimentas enormes, de trincar para quem for macho. Mas talvez não.

Talvez seja doce e havia aqueles sonhos infantis de ficar preso dentro da loja de chocolate com os chocolates, e mais os doces de leite, os marzipãs, os bolinhos fofos recheados de creme, bombons recheados de coco, de cereja, de laranja. Mas, depois de pensar bem, enjoava, e eles não sabiam que fome era aquela ao pegar cada um o seu prato sujo, o guardanapo de papel, os copos sujos. As migalhas de pão preto, de dieta, atiradas para o mato.

— Para os passarinhos — mas que eram ratos, ratinhos cinzentos que obrigavam Catarina a guardar tudo dentro de vidro, de lata, de plástico.

Uma das migalhas, uma das maiores, enfiada discretamente na boca, quem sabe não resolvia? Mas não resolvia, e o gosto da migalha a fazer retornar, vinda de mais além do estômago, a vontade de bombas de creme da padaria — que padaria, porra? —, mil-folhas, e os churrascos mais uma vez, com seus colesteróis ainda na fase da clandestinidade, se espalhando insuspeitados por beiços, dedos, bochechas. Satisfações de antigamente.

Depois saíram. Pedro, Catarina e João no carro de Pedro. Caloca ficou, não só para esperar Tânia como também porque queria experimentar, sem testemunhas, o sutiã de amamentação que Catarina nunca tinha usado por não ter tido leite (na verdade, paciência). O sutiã faria parte da fantasia de Caloca, saindo do invólucro de celofane pela primeira vez na vida.

Mas houve um contratempo.

O caso é que depois de deixarem João na casa da avó eles pegaram o rabo de um bloco, e Pedro falou:

— Nem adianta.

E então pararam para tomar um chope, mas aí tomaram outro chope e aí terminaram juntos e o rapaz foi logo botando outro, e o caso é o seguinte: Catarina tomou o maior porre. Pedro nem tanto, o que foi considerado mais tarde mais um aspecto do machismo que domina o mundo. Se tinham tomado ambos o mesmo número de chopes, por que, porra, só ela dera vexame? Nem tinha dado. Só para sair — segundo Pedro, mas Catarina achou que ele estava exagerando para que os outros rissem dela — é que ela olhara bem para a porta ("e olha que era uma porta larga, hein, na verdade nem era porta, era toda a extensão do bar, lá, aberta") e, bom, enfim... O caso é que Catarina só se lembra de abrir o olho e ver, pela janela do carro do Pedro, o sutiã de Caloca, o terno (preto, onde ela foi arranjar terno preto?) de Tânia e o braço de Pedro que gesticulava para tentar explicar melhor, que, é verdade, não teria por que mentir, foram só cinco, mas que tem dia assim, cai mal mesmo.

Foi levada para a cama, só acordou no dia seguinte. E Tânia aproveitou e foi assistir ao desfile das escolas de samba no sambódromo, que ela queria muito conhecer, que tinha ganhado um convite mas que nem tinha falado nada para os outros. Sem peito de estragar a festa para a qual já havia champanhe, estandarte e até motivo.

O ÚLTIMO SÁBADO

Por que continuávamos a nos ver ninguém sabia. Tínhamos ficado tão diferentes um do outro. Talvez medo da solidão, já que afora nós não havia ninguém que nos ligasse ao passado, pais e mães ausentes, mortos ou simplesmente fechados numa outra época, renunciantes todos eles, tanto quanto o presidente em quem tinham votado em massa. Os nossos outros amigos, sendo recentes, muito recentes, precisavam ainda aprender tanto sobre cada um de nós, para poderem sentar em sofás como os de Pendotiba, as pernas abertas, e ficar em silêncio.

Então continuávamos.

O Carnaval já passara, o ano ia começar. No último ano — a juntar-nos e a nos separar —, movimento popular a pedir eleições diretas para a Presidência. Íamos juntos aos comícios, irmãos que éramos, mas lá encontrávamos outros amigos, e movidos pela emoção do momento às vezes nos desligávamos um do outro, para seguirmos esses novos amigos, de repente tornados íntimos também, só porque estavam ali.

Ia acabar.

Era sábado outra vez.

Quando chegamos, eu e Catarina, neste sábado que seria o último, já da ladeira fomos escutando os gritos de João, e escutávamos também os gritos que pareciam ser de Tânia. Eu me adiantei, mais leve e mais ágil que Catarina, e quando cheguei na sala, Tânia estava batendo em João.

Batia sem parar, e gritava, e João também gritava e eu também comecei a gritar. Tentei segurá-la e descobri, espantado, o quanto era ela mais forte do que eu. Até que consegui e ela parou, com a mão sobre a mão com que eu segurava seu braço, me olhando sem me ver, no meio de um grito, sua voz sumindo de repente mas continuando, por mais alguns segundos, com a boca aberta.

144

Era eu quem berrava agora: ficou maluca? ficou maluca? E aí, bem devagarzinho, veio vindo, como um assobio de asmático, veio vindo lá de dentro dela um barulho de ralo de pia. O ralo enfim achado. Era um choro, ainda seco, mas que veio vindo, formando e saiu, pela garganta, nariz, olhos. E a água substituiu o som pois agora era o contrário: se antes havia o som sem o choro, agora, sem nenhum ruído, Tânia chorava abundantemente, pelos olhos, nariz, boca — mas muda, só a água caindo. E aí deu um gemido alto e desabou no sofá, agora com lágrimas e gemidos enfim paralelos.

Foi quando Catarina chegou, ofegante: o que aconteceu?

João estava caído e perdia sangue pelo nariz. Catarina era uma mulher prática. Eu disse: vamos levar ele para o hospital. E ela pegou o menino, rápido, para não perder tempo.

No caminho vimos Carlos Alberto que voltava do bar a pé para casa, com umas cervejas, ele também entrou no carro.

Mentimos no hospital. Dissemos que João tinha caído da escada e depois, quando não havia mais nada a fazer, João medicado e dormindo, eu quis voltar e disse:

— Vocês esperem aí que eu vou até lá. — E eles concordaram com a cabeça.

Quando cheguei em casa, Tânia continuava no sofá, não tinha se mexido mas parara de chorar. Não respondeu quando falei com ela, ela estava ainda com a boca um pouco aberta de onde pingava saliva ou lágrima, toda ela estava molhada.

Levei-a para o hospital também.

Quando saía, eu amparando Tânia, parei um pouco na porta e olhei em volta como quem olha uma fotografia antiga. Senti vontade de chorar, mas Tânia pesava no meu braço e então saímos.

Como se fosse uma nuvem, Tânia sentiu o ar todo parar, à sua volta, esperando. Tânia não enxergava mais nada, só umas luzes que passavam por entre as fibras do pano que cobria sua cabeça, mas sabia que o outro estava ali, já o sentia, sua mão tinha conseguido alcançá-lo. E sua mão se mexia devagar como se fosse uma das partes de uma nuvem que o vento impele de repente para fora, separando-a, assim sem motivo, porque quer, e forma uma voluta que depois recolhe, e torna a juntar. Como se fosse uma nuvem cheia de preto, Tânia sentiu que não ia dar para segurar o raio e o trovão e agarrou o outro, porque sabia que tinha que haver um choque entre ambos, tinha que explodir, se chocar e assim descarregar, deixar sair todo o preto. E ela se chocou com o outro, ensurdecedora, os trovões e os berros, relampejando e cuspindo tudo, tudo para fora, até acabar e não acabava. E mais trovões que vinham da barriga, e berros de tão longe, e escorria tudo, todo o mijo, desta vez solta, desta vez podia, não estava mais no aeroporto. Onde estava? E deu um berro alto, alto, alto e distante. E aí, no meio de um berro, notou, ué, tinham se acabado os berros, e na mão que prendia seu braço, na mão do inimigo, Pedro. Pedro? E quis berrar mais alto ainda e dizer, e dizer, mas dizer o quê? E aí tinham se acabado os berros e as palavras, e a boca de Tânia continuou aberta, esperando, mas tinham se acabado os berros. E aí veio vindo, como se fosse chuva, o choro. A chuva chegou de mansinho, quem estava na rua mal notou, mas depois foi ganhando força, saindo inteira, desabando, um aguaceiro. Os pingos mais grossos, os rios, e Tânia deixou a chuva sair e cair na blusa, dos sovacos, da boca ainda aberta, de todos os lugares. E depois a chuva diminuiu, quase acaba mas não acaba e vai escorrendo devagar, tão devagarinho e nem mais é do céu mas da pele toda, e vai pingando, poeirinha de água, e não se acaba, essa chuva que parece um chorinho. E Tânia, como se fosse uma árvore depois que chove, com uns pingos ainda caindo das folhas, Tânia sentiu uma dor parecida com a dor da vontade de fazer amor mas que era a dor das suas raízes novas entrando devagar no tecido do sofá.

UM CHEIRO DE LARANJA

João tinha jogado sua camisa suja de laranja — a que Tânia mandara que trocasse — sobre a cabeça dela, que estava deitada no sofá.

Carlos Alberto havia saído, dizendo que ia comprar umas cervejas, mas na verdade não querendo ficar na casa a sós com Tânia. Tânia tinha apoiado, nas eleições para governador, um candidato diferente do de Carlos Alberto, e desde então eram comuns as discussões entre os dois. Mas não era esse o motivo, nenhum deles levava mais muito a sério as discussões políticas que nos empolgavam tanto anos atrás. Mas naquela manhã Tânia, desde que chegara, estava provocando e implicando, dizendo que precisavam festejar, tomar os champanhes, em honra de Leitão Dondinho, um apelido desrespeitoso que ela usava para chamar o presidente em exercício.

Porque as garrafas que eu havia comprado meses antes continuavam no quartinho que servia de depósito, embora volta e meia um de nós brincasse que deveríamos ter bebido em honra desse ou daquele banqueiro desonesto, cujas falcatruas agora começavam a aparecer, ou desse ou daquele ministro, tão rápido ao aceitar as mordomias. Mas nunca bebíamos.

Aquele que seria nosso primeiro presidente civil em tantos anos estava doente, estávamos todos bem nervosos e já havia alguns dias que Tânia se dedicava a juntar os muitos dados desfavoráveis deste homem, eleito, como ela não se cansava de dizer, indiretamente. Mas era principalmente contra a figura do seu vice-presidente que ela assestava as baterias.

Tânia falava, naquele dia, dos defeitos que via nesses homens públicos, seguindo Carlos Alberto pela casa:

— Como é que é, e o vice? — E ria.

Tânia achava que Carlos Alberto estava bonito, e gostaria que ele risse também e dissesse uma de suas brincadeiras para que então os dois pudessem rir juntos — sozinhos na casa vazia, que Catarina, na saída do seu curso, iria me pegar, meu novo carro estando na revisão.

Os dois ririam juntos e sozinhos, e aí o que então aconteceria, Tânia não sabia, mas com certeza gostaria de se sentir mais próxima de Carlos Alberto. Ela achava que ele não relaxava nunca na sua frente.

Carlos Alberto, por sua vez, se perguntava se era cama ou campa o que fazia Tânia segui-lo pela casa inteira. Concluiu que, fosse qual fosse, não queria. Não queria mais uma discussão idiota sobre política, e muito menos sexo. E então saiu. E como Otávia estava de folga, tendo ido com o marido e o nenê visitar uns familiares no interior, pediu:

— Você fica com João um instantinho que eu vou pegar umas cervejas e já volto.

E Tânia tinha ficado sozinha, irritada e frustrada, impaciente e com vontade de sair também e de mudar de vida, que aquela brincadeira de gato e rato entre eles já estava cansando. Novos ares. E pensou: vou dar uma volta também, que ficar aqui me sufoca.

E falou para João trocar a camisa, que ele tinha chupado laranja e estava todo sujo. Sairia com João. Iria a pé, em direção oposta ao bar, dar uma volta. Mas João remanchava, e enquanto esperava que o menino se decidisse, deitou no sofá, onde fechou os olhos, cansada como sempre ficava quando ficava tensa, depois dava-lhe um cansaço tão grande. Nas pernas, pálpebras, nuca.

Isso foi o que eu concluí do que aconteceu, depois, juntando informações de Carlos Alberto, e mais tarde do próprio João, quando, ainda no hospital, ele já conseguia falar alguma coisa.

Na sala de espera do hospital, o pai de Tânia — chamado pelo telefone por Pedro — tinha acabado de chegar, o táxi azul do aeroporto, tendo-o deixado, e à sua ridícula malinha de couro, à porta. Era a manhã, cedo, do dia seguinte. Todo mundo cansado e ele fazia perguntas. E depois repetia as perguntas porque não havia nem tantas perguntas, e todas já haviam sido feitas, mas as respostas sendo tão falhas, ele as repetia, e começava tudo outra vez:

— Mas como foi?

Mas sua presença não incomodava muito. Era até um alívio, que Pedro, Caloca e Catarina mal podiam se olhar, irritados, algo tinha se quebrado entre eles, mais provável do que uma amizade na qual ninguém — há quanto tempo? — prestava atenção, um hábito. Caloca falou vamos almoçar. E ninguém respondeu. Ele então repetiu, a voz um pouco mais alta, o tom propositalmente polido, como se o problema geral fosse surdez:

— Vamos almoçar.

Pedro olhou-o quase com ódio. Catarina nem isso. Pedro disse:

— Sim, vamos almoçar. — E dirigindo-se ao pai de Tânia:
— Vamos almoçar.

O tom era o de uma ordem. E continuou, para explicá-la.

— É melhor. O médico que vai dar a alta só chega de tarde.

— E agora, definitivo: — Vamos.

Foram os três, que Catarina continuava a olhar sem piscar para um ponto branco do teto que ficava a uns dez centímetros da lâmpada, sem dar mostras de ter ouvido, de querer ir, tampouco de responder. E nem Caloca nem Pedro estavam com paciência para insistir ou mostrar compaixão. E mesmo porque sabiam muito bem que se o fizessem iriam levar um tranco. Catarina não estava querendo ser consolada de nada, estava puta. Pegaram uma mesa perto dos lavatórios, e o garçom chegou muito antes de o menu fazer qualquer sentido. Pedro então disse, olhando agressivo para o garçom que dava mostras de impaciência, aquela era a hora de mais movimento, se estes caras fossem demorar muito, ia ficar no preju.

— Três bifes com fritas e três chopes bem tirados. — E arrancou os cardápios das mãos de Caloca e das do pai de Tânia, devolvendo-os junto com o seu ao garçom agora satisfeito.

Pedro e Caloca estavam de bermuda e sandália, a mesma roupa do dia anterior, que ninguém tinha ido em casa ainda, a noite passada inteira no hospital. O pai de Tânia estava de paletó de terno, sem gravata, e tinha deixado a malinha com Catarina perguntando tão educado, tão desenquadrado perto daqueles três:

— Posso deixar com a senhora? — Sem resposta, hesitara e seguira em frente, mesmo sem resposta, porque Pedro e Caloca o esperavam, a porta do elevador aberta.

Na mesa, para que o silêncio não continuasse, Caloca começou a falar sobre como ele não compreendia:

— Não compreendo. — E repetia: — Não compreendo — abanando a cabeça numa mímica de desolação, apesar do movimento de impaciência de Pedro que não conseguia mais tolerar sua sociabilidade de uns tempos para cá.

O pai de Tânia parecia não se dar conta de que o esforço — e nem era tão esforço assim — de amabilidade de Caloca era dirigido a ele, pois interrompeu de repente o terceiro ou quarto "não compreendo" do outro para dizer que ele costumava contar a história dos dois corcundas para Tânia, quando ela era pequena. Riu um riso solitário, e perguntou se eles conheciam a história dos dois corcundas.

150

E aí fez uma cara de palhaço, e empostando a voz, disse:

— Os dois compadres de Águas Fundas, um pobretão, outro rico, ambos porém bem corcundas.

Caloca tampou o rosto com as mãos, como se fosse limpar um suor imaginário, ou melhor, que era para ser imaginário, mas de repente se concretizava debaixo de suas palmas. Enquanto isso Pedro olhava em torno, meu Deus.

A história era a de Augusto Pires Vicente, que tinha sua corcundinha revirada para a frente, e a do outro, pobre, chamado seu Tomás, com sua corcundinha revirada para trás. E vieram os chopes.

Pedro tentou interromper:

— O senhor vai hoje mesmo, não é? — Esperançoso de que, em resposta, o pai de Tânia olhasse o relógio e dissesse: nossa, como já é tarde. É tarde, é tarde, é tarde, e saísse correndo, coelho de *Alice no País das Maravilhas*. E que de fato já fosse mesmo bem tarde, que o dia já tivesse passado, e que ele, Pedro, pudesse sair dali e ir para sua casa, livre daqueles dois homens, daquele hábito rançoso de sábado, da carinha espantada e dolorida de João. Catarina, Caloca, Pendotiba, nunca mais. Pedro sentiu o pescoço apertar e passou o dedo pela gola da camisa, repetindo sem sentir o gesto de Tânia: o pai dela parou, subitamente enrijecido.

Ficaram em silêncio durante uns minutos mas o pai, como se fizesse um esforço, como se fosse imperioso voltar a contar, franziu a testa e continuou:

— No tamanho das corcundas, diferença não havia, mas a corcunda do ricaço parece que ninguém via.

Mas o nariz vermelho e a voz alterada do homem todos viam e já se viravam, e de repente Pedro não se importava mais de estarem chamando deste modo a atenção de todos, de Caloca ser quem era, de tudo ter acontecido como aconteceu. Encarou alguns dos que se viravam até que, constrangidos, se desviraram. E falou, com voz firme:

— E ela então gostava da história?

O velho olhou para ele, demorando para entender a pergunta e o apoio inesperados, e disse: sim, sim. Agora quem chegava era o garçom com os bifes e o cheiro dos bifes. Todos comeram um primeiro pedaço correndo, como se estivessem com muita fome mas não estavam. E a voz do velho lá de dentro veio vindo, um boneco de corda que depois de parado recupera um pouco da pilha que todos pensavam já ter acabado.

— Porque no céu eu tinha uma estrela, amigo, precisa vê-la, de madrugada a luzir, não existe diamante que possa por um instante com seu brilho competir.

Pedro e Caloca — e mais as pessoas das mesas mais perto — ficaram sabendo que Tânia, filha única, só dormia com o pai do lado, a lhe contar esta e outras histórias, mas que era essa a preferida. E agora o velho procurava se lembrar do resto, ou engolir o resto da carne, ou vencer um resto do soluço, alguma dessas coisas.

— Ah. Nesta terra nada tenho, rolando de déu em déu, mas nem por toda a riqueza eu trocava com certeza minha estrelinha do céu.

Pedro ou Caloca deveriam fazer agora algum comentário sobre como a história era interessante, ou sobre como Tânia devia ter sido uma criança feliz, mas nada lhes ocorria, e o resto do almoço foi feito em silêncio.

Já na rua, porque sentia uma obrigação, o dever de continuar, já que não se deve deixar sem acabar as histórias para crianças, falando mais para si, num ritual, o pai de Tânia continuou, sem nenhuma entonação, sem a dramatização de há pouco, num tom monocórdio tão parecido com o da filha:

— Augusto Pires Vicente, por sua ambição voraz, ficou corcunda na frente e ficou corcunda atrás.

E sorriu, subitamente satisfeito. Mas o sorriso sumiu no elevador, que subia com aqueles dois homens, amigos de sua filha, e a quem devia um favor por não terem dado parte à polícia pela agressão à criança. Olhava-os, e viu refletida neles a sua própria ignorância sobre quem era Tânia.

O pai e Tânia saíram primeiro, ela parecendo mais baixa e mais gorda, andando com dificuldade sem dar mostras de reconhecer ninguém, e sem que ninguém se esforçasse para que o fizesse. Depois Pedro disse: vocês me deixam em casa. E quando os outros dois olharam ele como se não compreendessem, ele explicou, irônico, agressivo: estou sem meu carro, lembram?

Ele agora estava quase feliz, e ao ver a cara fechada de Caloca e Catarina, disse:

— Tudo bem, acabou. O carinha vai ficar bom. — Roubando assim, de Catarina, o apelido "cara" com que costumava chamar João.

E, de fato, pelas radiografias, além das contusões, nada de mais grave tinha acontecido; ele ficaria no hospital alguns dias, depois poderia ir para casa. O médico dissera:

— Ele não tem uma avó onde possa ficar? — E completou:
— Vocês estão muito nervosos para cuidar da criança — querendo dizer com isso que não tinha acreditado nem um pouco na história da queda da escada.

Catarina olhou para Pedro, que repetia:

— Tudo bem.

Como, tudo bem? Parecia que nada tinha ocorrido e que, por tudo ter acabado quase bem, então era como se nada houvesse acontecido. Catarina sentiu o impulso de lutar pelo seu passado, e não só pelo passado que acabara de acontecer, e que nem acabara ainda, que era um presente mais que um passado. Catarina sentiu o impulso de berrar: como? porra, como tudo bem?

Mas não teve os meios de fazer isso porque sabia que assim

que abrisse a boca o que ia sair era um choro, e ela não queria chorar ali, na frente dos outros. Iam consolar a pobre mãe traumatizada. E não era nada disso. Era raiva.

Pedro ali de pé, quase feliz, com a cara aliviada mesmo. Mas aliviada de quê? e Caloca ausente, sempre, como sempre ausente. Esse sujeito não é de verdade, pensou Catarina, é um ator fazendo o papel de gente. Os dois estavam roubando, debaixo do seu nariz, não só o apelido, "cara", que dera a João. Roubavam, na sua pressa de terminar o dia, de concluir o episódio, roubavam a sua história, a história dela, Catarina, imitando assim a atitude do país inteiro que se esforçava tanto para dizer tudo bem. E Catarina já via como a sua história — história de histórico — se tornaria rapidamente uma história-estória, uma coisa contada, e depois nem mais contada (igual à história do gato). Até que acabaria de todo, e seria como se nunca tivesse existido de fato, seria só um conto, um caso, que aos poucos todos esqueceriam: aquele último sábado e aqueles últimos anos.

Mas Pedro insistia, impaciente para ir embora:

— Vamos, quero tomar um banho. — E se espreguiçava. E, meu Deus, pensou Catarina, como Pedro estava bicha. Cada dia mais bicha.

E então foram, e na despedida, já na porta do apartamento de Pedro, ele disse:

— *Ciao*. — E olhou demoradamente para Caloca, ao seu lado, que olhava para a frente, sem querer encará-lo. E depois de muito tempo Pedro repetiu, *ciao*, este agora para Catarina, mas sem virar de todo a cabeça, sem olhá-la verdadeiramente. E saiu.

Catarina que estava no banco de trás passou para o da frente.

Durante o percurso de volta, ela começou, então, a detalhar os planos de como se daria a separação entre ela e Caloca. E continuou a pensar nisso quando o carro, já parado na entrada da estradinha da casa, ficava, de motor ligado, como a dizer que ainda havia por onde seguir. Os dois ficaram lá dentro do carro, parados e em silêncio, Caloca acabando de fumar o seu cigarro, Catarina já pensando em que roupa levar no dia seguinte, quando fosse apanhar João no hospital, ambos esperando que o outro começasse primeiro a se mexer, sair do carro, subir a subida e entrar na casa vazia. Foi então que eles ouviram, pelo rádio ainda ligado, a notícia da morte do presidente civil, não empossado, jamais eleito, mas que ia resolver tudo para todos, num zás-trás.

10.

A professora virou-se para o quadro-negro e escreveu: *bits*. E, embaixo: *bytes*. Depois virou-se para a sala, olhou para um ponto vago, muito além do fim de nossa galáxia, encheu o peito de ar e disse:

— *Bits* e *bytes*.

Eram oito e meia da manhã e Catarina pensou: é sábado. Plano do dia: dali iria a pé para fazer exercício. Não, pegaria um ônibus, estava menstruada e não queria se cansar logo cedo, pois dali iria pegar João na casa da mãe, levá-lo para o parque de diversões. Não que ele gostasse de parques de diversões, era difícil aliás saber do que João gostava, mas o parque tinha uma dupla vantagem: ocupava João durante um bom tempo e enchia os olhos da mãe. Sim, parque de diversões.

Minha filha levou o menino para o parque de diversões, diria depois a mãe de Catarina para os vizinhos.

Do parque de diversões, Catarina voltaria para a casa da mãe, onde faria uma hora até de noite, quando então iria à festa. Era o aniversário de uma das meninas da Fundação, mas festa nestes dias de luto era assunto delicado, e as pessoas ficaram em dúvida se deviam ou não deviam dar. Até que alguém lembrou, é a nossa festa dos desesperados. Aí riram e aí então podia.

Catarina achava engraçado ver seus colegas, pessoas que nunca tinham feito nada para que os generais abrandassem o regime, pelo contrário, muitos deles às vezes deixavam escapar ideias das mais retrógradas. Achava engraçado vê-los, com suas caras de fascistas, seguindo mais uma vez a corrente. Só que a corrente atual era liberalizante. Catarina sabia que esta atitude ia durar pouco, que lá pelas tantas bradariam ordem, segurança, disciplina, e que ia ser uma merda para segurar. Ela lembrou do obeso ministro da Economia do governo anterior que irônico dissera:

— Somos todos socialistas fabianos.

Mas Catarina não queria levantar poréns e, de qualquer modo, uma festinha ia lhe fazer bem.

Ela tinha decidido continuar a morar em Pendotiba depois da saída de Caloca e às vezes se arrependia disso, achava que estava se isolando das pessoas. Talvez estivesse na hora de enterrar os fantasmas e sair de lá. Enterrar fantasmas e investimento, e Catarina franzia a testa preocupada: como garantir o dinheiro que tinha investido na casa sem ser casada com Caloca e tudo estando no nome dele? Mas a perda do dinheiro era só a casca do real motivo. Mais que o dinheiro, Catarina não queria era perder as coisas que tinham acontecido lá. Continuar lá era continuar a dizer ao mundo sobre Tânia e que Pedro e Caloca um dia tinham sido amigos. Era isso que estava inscrito aqui e ali, numa parede que não tinha sido possível terminar, num "merda" escrito a lápis no batente de uma porta, nos livros de capa falsa, coladas no lugar das originais, ainda de uma época tão antiga. Nos arquivos de aula que Caloca nunca tinha conseguido jogar fora e que lá continuavam com o pedido expresso dele para que ela os guardasse, já que na casa do colega para onde ele tinha ido não havia lugar. Caloca aguardava na casa desse amigo que o apartamento que tinha sido de sua mãe-avó vagasse. Ia morar lá. E se Catarina saísse de Pendotiba iria morar com a mãe, que remédio? E a lajota da sala. Que numa das lajotas da sala havia uma mancha escura, de sangue. Catarina tinha começado a lavar um dia, mas depois parou. Quando ela entrava de noite na casa vazia, olhava para a mancha semilavada e dizia oi, João.

Catarina passou a mão nos cabelos e tentou prestar atenção na aula porque sentiu os olhos se encherem de água, num arrependimento, numa culpa que não adiantava nada ela se dizer, e repetir milhões de vezes, que não era dela, que o alheamento que cercara o menino era o alheamento que cercara a vida de todos eles, de todo mundo, naquela época. O alheamento, a alienação de quem não é responsável, de quem não participa.

Às vezes, quando Catarina ia visitar João, ficava olhando atentamente para ele, tentando saber se ele já entenderia. Porque Catarina tinha muita vontade de que ele crescesse rápido para ela poder dizer:

— Olha, quando você nasceu, os jornais noticiavam a anistia. — E faria uma pausa para tentar arrumar melhor o pensamento: — E esses anos que foram toda a sua vida, para nós foram anos de espera.

E tornaria a olhar para o garoto para ver se ele tinha entendido o que essas palavras queriam dizer. Mas os olhos de João não lhe diziam ainda nada, seriam só o que eram, uma presença e nada mais.

O carrossel ficava num canto do parque e era a primeira vez que João subia lá sozinho, sem Catarina perto para confirmar de minuto em minuto o quanto era bom andar de carrossel.

— Olha que legal, uuuuu, que gostoso, upa, upa. — E por aí ela ia, na tentativa de passar um pouco de entusiasmo a João. Mas agora Catarina tinha se posto propositalmente longe, atrás da grade, e se limitava a dar um adeusinho quando ele passava por ela. João não respondia. Mas a cada volta, a cara dele ia mudando, dava para ver que ele estava emocionado com a aventura de viajar sozinho. Não respondia porque era importante e adulto, e não responderia ridículos adeusinhos de mãe. E também porque não queria que a mãe soubesse que estava gostando. Mas aos poucos, como acontece aos viajantes de longas viagens, João foi ficando melancólico. Carregava no rosto as paisagens do mundo inteiro, e quando a carruagem parou, desceu quieto, sem pedir mais, e Catarina então foi para a roda-gigante.

A roda-gigante baixava num mergulho de avião para o meio do lixo do chão, sorvetes caídos, papeizinhos, copos esborrachados, poças, melados de refrigerante derramado. E mergulhava também para o meio da música, berrada pelo alto-falante, e para o meio das pessoas, os gritos das crianças, o suor dos adultos. E depois subia. Parecia que devagar, para o meio do céu, do vento quase frio da chuva que se formava, e ao longe a vista da cidade. Longe, mais longe, a música quase sumida, só uma lembrança, e o mar e a montanha, e agora rápido, mais rápido ainda, a volta para a música, o lixo, as pessoas. E nos últimos mergulhos, menos pessoas, que — seis horas — estava ficando na hora de o parque fechar, muitos já indo embora. E a roda-gigante foi parando em soluços até que chegou a vez deles e eles então desceram. Foram para o estacionamento ainda ouvindo a música que continuava nos alto-falantes, embora agora o parque já estivesse todo ele fechando. A música continuava porque tinham esquecido de desligar ou porque alguém, como eles, achava tão bonita a música que tocava num parque que estava fechando. Catarina e João estavam de mãos dadas. Catarina diminuiu o ritmo dos passos para aproveitar bem aquela hora de pré-tempestade, de música que ficava longe, no silêncio da caminhada de mãos dadas.

Daqui a pouco a filha vai entrar usando a sua própria chave, sem tocar a campainha antes, sem cumprir o ritual de quem entra, não na sua própria casa, mas na casa dos outros, de quem se tem uma chave. Tem-se, essa chave, só para alguma eventualidade, e que se usa — já que se tem —, mas que se usa com uma certa cerimônia, não por nada, mas para mostrar aos verdadeiros donos da casa que se sabe que aquela não é a sua própria casa, e que portanto é necessário ter ou fingir ter alguma cerimônia.

A filha vai entrar como se entrasse na sua própria casa e vai dizer:

— Oi, mãe. — Enquanto o menino, se soltando, vai direto ligar a televisão. A filha também não tinha perguntado se ela, a dona da casa, queria ou podia ficar com o neto. Não, tinha apenas comunicado:

— Você fica com o João por uns tempos porque não está dando.

O sofá de dois lugares fica logo perto da porta que, por causa dele, não pode ser aberta totalmente, ali era o único lugar, de qualquer modo, em que ele cabia. Na sala havia outro sofá, as duas poltronas, uma mesa redonda que nem por ser redonda estava no meio de alguma coisa, mas sim encostada na parede para ocupar menos espaço. Os móveis todos assim se tocando davam a impressão de unidos venceremos.

E, além disso, havia o móvel grande, o das revistas, a mesinha de canto, e o das gavetas onde, Catarina sabia, ainda estavam guardados os estudos de Chopin, a *polonaise* de Chopin e três sonatas também de Chopin que a mãe achava Chopin (Chopein) o máximo. E em cima de todos os móveis, sem exceção, os bibelôs que a vida tinha trazido, lembrança do Congresso Eucarístico do Rio de Janeiro, lembrança de Caxambu, o vasinho chinês, a xícara inglesa, o cinzeiro de ágata, o cinzeiro de metal, e perto da janela a samambaia-chorona que Catarina tinha dado e que estava bichada.

A mãe dizia:

— Vou ter que jogar fora, não sei o que fazer, já botei de tudo e não adianta.

E Catarina não respondia o que a mãe queria ouvir e que era:

— Joga sim, pode jogar.

A mãe não estava. Um bilhete no sofá da entrada dizia que não ia demorar.

A mãe tinha saído porque não suportava o jeito intrusivo de Catarina entrar e Catarina sabia disso. Para recebê-la, o pequinês, o outro, latia e rosnava com seu olho já cego.

Sentada no sofá, gostando de a mãe não estar, Catarina relembrou a casa por dentro, sempre tão suja, o cheiro do cachorro, e no quarto da mãe o cheiro do cachorro se misturava com o do pó de arroz, enjoativo. E o quarto que fora dela, Catarina, em criança, e que agora era ocupado por João. E na frente do sofá, olhando para ela, o retrato do pai.

Catarina teve uma vez um pesadelo. Só uma vez, ao contrário da maioria dos pesadelos, que tende a se repetir. Um homem com uma meia de seda enfiada até o pescoço, desfigurando suas feições, a obrigava, puxando-a pelos cabelos, a chupar seu sexo grande, murcho e incrivelmente vermelho. E Catarina, ao encostar sua boca, com nojo, naquela grande flor vermelha, se espantava de senti-la gelada. No final, Catarina olhava bem para a cara deformada e julgava reconhecer seu pai, o rosto do retrato.

Catarina lembrou-se do pesadelo com indiferença. Não fazia, na verdade, nenhuma diferença. Agora não fazia mais diferença.

* * *

A festa começava e se escutavam uns sons nervosos de coisa querendo desandar. Peixoto ("me chama de Nelson, porra, não estamos no escritório") contava uma de suas histórias — uma velha, Catarina se lembrava dela — para o americano da diretoria.

— *And then he said: I am going to live there, up there, in the favela. And he did! Alone, of course, because his wife said no, you crazy, me not crazy. Ha, ha!*

No inglês ruim de Peixoto não ficava tão bom, mas o americano riu e a americana também riu, nervosa, só com os dentes, que os olhos estavam acompanhando duas bundas que passavam.

Catarina também sentiu vontade de rir, se bem que a barriga doesse um pouco. Talvez não devesse ter ido. Mas nunca ia. As pessoas convidavam já com cara torta de quem sabia que ela não ia aceitar. Quando disse que ia e deu o dinheiro da partilha das despesas, a menina que organizava disse:

— Ué, milagre.

Peixoto era do tipo atlético, usava sempre umas camisas abertas no peito para mostrar o matagal que por lá havia. Catarina o odiava. Às vezes, em casa, rolando na cama, ficava imaginando Peixoto de joelhos, implorando o seu amor, à la R. Paradis, e ela:

— Nãããoo.

Peixoto tinha o braço levantado, tentando chamar o garçom, e ele tinha total confiança de que ia conseguir chamar o garçom. E o braço levantado, musculoso e cabeludo parecia uma saudação nazista.

Ele bebia Campari.

Catarina imaginou-se casada ou tendo um caso com Peixoto, aprendendo a preparar Campari, está bom assim, benzinho? Só três gotinhas de limão, querida. E se sentaria ao seu lado para ver bangue-bangue na televisão. E em vez dos nomes dos jogadores do Botafogo, ia ter que aprender os do Vasco. Eles frequentariam o... que tipo de bar será que Peixoto frequentava? E Catarina iria conhecer seus amigos e aprender tudo sobre marketing, que era o departamento do Peixoto.

O estômago de Catarina estava revirando e ela pegou um pastelzinho enquanto se lembrava da sua festa que não houve, o pastelzinho estava horroroso. Peixoto continuava com o braço levantado e agora a sobrancelha também, o americano continuava gostando de tudo e Catarina, só de acinte, só para tomar pé na situação, para mostrar para si mesma e para o Peixoto que quem decidia era ela, Catarina tomou a iniciativa. Ficou mirando o americano, curtindo com a cara dele, que ele de vez em quando grudava os olhos nos peitos dela, e, por baixo da mesa, mantendo a cara impassível, pôs a mão na perna grossa de Peixoto. Que Peixoto jogava futebol nos fins de semana e tinha as coxas grossas.

Botou a mão ali, na fronteira entre a coxa e o estofado do pau.

Peixoto continuou com o braço estendido, mas parou, estático, antes de passar o outro braço por trás da cadeira dela e começar a fazer, com a unha, um raspadinho nas costas dela. E muito devagarinho foi virando a cabeça em direção a ela e Catarina, mesmo sem olhar, adivinhava a expressão dele.

Bom a calça de Peixoto ser de brim grosso, que assim ele não ia perceber que as mãos dela estavam frias. Porque se ela teria que aprender a bebida, o bar, os códigos do próximo homem com que ela fosse se relacionar, este homem também ia ter que aprender uma coisa sobre Catarina. E essa coisa é que Catarina, quando começava a trepar, ficava um tempo parada. Caloca sabia disso, Caloca não se importava com seu jeito parado. Mas aí, vai ver que era porque ele era tão ausente e distraído que vai ver nem percebia.

O americano falava com a americana e Peixoto falava estou

gamado em você. Mas teve que repetir, que Catarina estava distraída e não ouviu.

— Estou gamado em você.

Não fosse o bafo de Campari na bochecha e Catarina ia achar que não era com ela. Nunca ninguém tinha usado essa palavra — *gamado* — com ela. Catarina teve vontade de rir. Perto da mão, o estofado da calça cada vez mais estofado. Ela deu um apertãozinho, mas nessa hora o americano que tinha ido tentar uma dança (logo samba, coitado) no meio do salão, segurando a americana como quem segura uma britadeira, pelos ombros, estava voltando para a mesa.

— *Crazy, just crazy, the Carnival.*

Oh, *yá*.

E começaram todos a falar ao mesmo tempo. O americano e Peixoto numa competição para ver quem achava mais coisas maravilhosas no Brasil. Já tinham passado pelo Carnaval, pela índole pacífica, o minério de Carajás e agora estavam na hidrelétrica de Tucuruí.

— Vi um documentário, homem. Im-pres-si-o-nan-te.

Peixoto aproveitando a descontração para já ir chamando o homem de homem.

Catarina ficou pensando como é que R. Paradis tinha surgido. Tinha surgido aos poucos, para suprir uma falta, como nos jogos de quebra-cabeça, quando as peças vão desenhando o espaço vazio da peça que falta. E esse nome. Catarina não lembrava mais de como tinha surgido, só lembrava dela, menina ainda, desenhando com a ponta da tesoura as iniciais secretas na folha larga da planta da sala.

Peixoto estava de pé, puxando Catarina para o meio do salão. Catarina não sabia se ele tinha se levantado porque estava realmente com vontade de dançar ou se era para se livrar da mão dela, intrusiva, mandona, na sua coxa. Que devia incomodá-lo

164

mulher assim tão à vontade, sem timidez, enfrentando de igual para igual o macho. Ou porque, vai ver, não estava a fim de nada, os olhos já vermelhos e caídos por causa dos Camparis. Catarina não sabia, mas sabia que tinha que ir, que não tinha ido lá para não dançar. Há quantos anos não dançava. Mas ainda hesitou, e Peixoto puxou-a.

Catarina se levantou, os primeiros passos difíceis, desajeitada, até que pegou o ritmo e entrou na massa geral, onde ninguém olhava ninguém, mas se roçavam, misturando cheiros e suores que segunda-feira no escritório se transformariam em olhares significativos até sumirem, por desimportantes, no rame-rame diário.

Peixoto passou um braço por cima do ombro dela, a mão caindo para perto do peito. No começo imóvel, que tinha levado um susto com a pele suada e fria de Catarina. Mas depois já apertando, enquanto passava a língua nos dentes num gesto sacana e cafajeste. Mas Catarina foi conferir, o pau mole.

Aos poucos a música foi entrando por dentro de Catarina, que agora se mexia em ritmo mais lento, nostálgico, aaasss pastoriiiinhas, ela sentiu vontade de chorar. Porra, agora não, porra. Não aguentava com essas vontades de chorar que davam agora a três por dois, a qualquer hora. Catarina se sentia muito romântica e cantava aos berros "As pastorinhas", como se estivesse se lembrando de Carnavais passados, saudosos, embora fosse essa a primeira vez que dançava "As pastorinhas". Caloca, Pedro e Tânia não faziam o gênero carnavalesco.

Catarina estava se sentindo ligeiramente tonta (não vá eu tomar outro porre, é melhor parar). Falou:

— Vamos lá fora.

E Peixoto, aumentando o sorriso cretino da boca, assentiu rápido, e quando Catarina viu, eles estavam num lugar esquisito que vinha a ser os fundos do bar, um terraço onde havia uns quiosques montados, provavelmente para a venda de cerveja e refrigerante. O terraço era coberto, os quiosques estavam fechados e Catarina viu que a chuva já desabara. Mas Peixoto estava com as duas mãos nos seus peitos enquanto dizia baixinho minha putinha, e tentava forçá-la a se deitar no chão. E foi aí que eles descobriram o bêbado (graças a Deus):

— Quem é esse cara?

— É lá do segundo andar. — O que queria dizer: não ligue para ele que ele não é ninguém, já que no segundo andar funcionava o almoxarifado.

— É lá do almoxarifado — confirmou Peixoto, e continuou: — Merda — enquanto arrastava o homem para fora.

E quando voltou, já voltou com a mão embaixo da saia de Catarina, e Catarina já estava pensando no que fazer, com rápidas visões de R. Paradis, mas ia ser muito difícil entrar em contato com R. Paradis nessa altura da guerra, e o samba, altíssimo, fazia o chão tremer, enquanto Peixoto gemia que nem parturiente ao lado dela. Catarina então pensou, finjo, acaba tudo logo, e pronto. E já estava fechando os olhos e ensaiando uns gemidos ela também, quando Peixoto falou, surdo: porra, enquanto olhava para a mão vermelha de sangue.

E se afastou dela como se ela tivesse lepra.

— Porra, você está de paquete.

Catarina olhou para baixo e a sua perna estava listada. Peixoto, morrendo de nojo, pegava, do chão, uma lata velha de cerveja que ainda tinha um pouco dentro e tentava, com aquele restinho, lavar a mão, enquanto repetia: porra!

Catarina foi ficando fraca mas ainda viu o bêbado que voltava e que falava, com voz engrolada, que aquilo não ia ficar assim não. Catarina viu Peixoto empurrar o bêbado, que foi cair mais adiante outra vez, enquanto ela se lembrava, já se sentando no chão, que *paquete* era navio. Foi na escola pública de Botafogo

166

que ela tinha ouvido pela primeira vez essa palavra. Só mesmo um cara como Peixoto para usar *gamado, paquete*. Na época, Catarina tinha ido procurar no dicionário o que queria dizer *paquete*. *Paquete* era navio e era também o que a mãe chamava de estar doente. E Cagafina era o correspondente de Catarina, segundo o mesmo léxico escolar.

Mas o bêbado voltava outra vez e se segurava nela para não tornar a cair, e Peixoto tornou a empurrá-lo cada vez com mais raiva, e o bêbado tentou falar alguma coisa mas acabou vomitando. E aí Catarina soltou a gargalhada que estava prendendo. E ria, e ria, e não parava de rir, embora tentasse, porque queria dizer ao Peixoto, mostrando o bêbado que por sua vez não parava de vomitar:

— Olha aí, o seu Tucuruí. Olha aí.

Mas não dava para falar.

E ainda riu, mesmo depois de Peixoto, com mais um "porra", ter ido lá para dentro.

Catarina também saiu, mas não em direção ao salão. Saiu para a rua e deixou a chuva molhá-la. O Brasil vai naufragar, primeiro nas lágrimas, agora nesses torós.

E então Catarina andou. Começou pensando que ia ser pouco, só uma voltinha para que a chuva a lavasse. Mas a chuva a lavou, ensopou, e ela continuou andando. E aos poucos não era mais nem por causa da chuva. Estava gostando da andança, e pensou: uma andança pedronaveira. Porque Catarina andava, olhando em torno, catalogando o que via. Mas não gradinhas de ferro ou descendentes de famílias antigas. Catarina catalogava poças, sujeiras e as sombras que dormiam, encolhidas, debaixo das marquises, nos vãos dos edifícios de luxo, na raiz dos viadutos, enroladas em jornais, caixas de papelão, panos — todas essas sombras da mesma cor: marrom.

O Antônio Falcão da Silva era desocupado, nesse tempo

sediado na marquise do Bar Flor do Tejo, na invejável posição de primeiro a chegar. Era um rapaz de boa altura, costelento, cabelos de um castanho quase louro, contrastando aqui e ali com o cinza de um pó muito encontradiço nas redondezas da poça esverdeada, que ainda então ficava vizinha à casa do comendador Alves. Esta casa, toda em mármore, tinha o patamar decorado finamente em bosta de cachorro e jornais velhos que seu vizinho, o mendigo Souza...

Será que dava para ela ficar famosa?

Já estava ficando claro quando Catarina, as pernas duras de tanto andar, entrou no carro e, com vontade de voltar a fumar, ligou o motor. A chuva estava passando e quando ela chegou em Pendotiba o sol nascia num céu azul.

Mas não havia mais Pendotiba.

Aqui é a sala, veja, tem dois pisos.

Aqui é a sala.

E ali era meu quarto, subindo por ali, mas não dá mais para subir.

Aqui é a sala, essa lajota não tem no mercado, foi mandada fazer. E Catarina sentiu que ia chorar e levantou a cabeça, olhou para o céu, deu um tempo, não queria chorar. Sentou então no murinho, na parte do murinho que ainda estava inteira, de costas para a casa. Que vontade de fumar.

Mas tinha que olhar. E se voltou.

A casa estava lá, o telhado — parte dele — tinha caído.

A gente conserta, olha, tem jeito. Primeiro a gente põe um plástico grande, é barato, em cima que é para a chu... Mas foi desanimando. Se ainda estivesse com Caloca. A gente. Que gente? Eu.

Fez um carinho num tijolo, se levantou, foi andando, secou com a saia uma água do piano, tirou um pó devagarinho, enxugou uma lágrima e se abaixou para pegar um reboco. E foi indo, devagar, com amor, arrumando mais esse cadáver.

Sebastião chegou e começou a falar de como ele, e de como a casa, e. Catarina virou-se e olhou para ele.

— Está tudo bem, Sebastião — disse, dura, antipática, não gostava dele. — Você pode ir agora. — E para ele que já se ia, sem jeito: — Me deixa um cigarro, Sebastião. — E depois, chamando-o mais uma vez, agora já inteira, tomando pé na situação: — E, ah! Sebastião, toma, um presente para você.

E, estendendo a mão, pegou na prateleira, agora exposta, os champanhes, e disse, humilhando-o sem que ele o soubesse:

— Isso se toma gelado, misturado com guaraná. — E terminou, autoritária: — Pode ir. Depois eu volto aqui que é para a gente resolver como é que fica aí a situação de vocês.

Sebastião virou-se e começou a andar, Catarina começou a andar também, na outra direção. Para ir embora.

PARTE II
… e um dia

O BEIJO

Depois de algum tempo, foi me voltando a vontade de rever Carlos Alberto, saber dele, de Catarina, do menino. E rever, refletidas na cara dele, as consequências do que fiz na última vez em que estivemos juntos. Porque no hospital, já de noite, quando eu e ele estávamos sós, no sofá da salinha de espera, dei-lhe um abraço e um beijo. Era a minha despedida e era muito mais do que isso.

Era a recuperação, a primeira que fazia, do que eu havia sentido quase vinte anos atrás por um rapaz, meu companheiro de cela durante minha primeira estada na prisão. Na época, o abraço e o beijo eram coisas que eu não admiti dar, engoli-os durante o tempo que lá fiquei, transformei-os em raiva e lágrimas quando de lá saí, mas não ele, morto ao resistir à voz de prisão — segundo a versão oficial. E engoli até mesmo essa raiva e essas lágrimas depois, já cá fora. Engoli-as e foi em homenagem a elas e a ele que na salinha fria e suja de um hospital modesto dei

173

então o abraço e beijo em Carlos Alberto. Foi uma homenagem, póstuma, tardia, a Antônio.

Carlos Alberto afastou-se brusco, porque — ele tinha razão — era também uma agressão. Pois ele, momentos antes, tinha dito qualquer coisa sobre o próximo sábado, incapaz de ver que não haveria mais sábados, que não havia mais nós. E foi também, de certa forma, uma caridade, porque vai ver até ele sabia mas não encontrava jeito de terminar de vez com as coisas, como nunca tinha encontrado antes, nem com respeito à faculdade quando esperava minha chegada para enfim ser empurrado para fora dela, nem com Bete, quando também esperara anos e anos que ela enfim saísse. Acho que ele estava esperando. Então dei-lhe o motivo.

Primeiro abracei-o, o que ainda se enquadrava dentro dos moldes de nossa relação, embora já fosse um pouco mais próximo do que admitíamos. Depois então é que beijei-o, num impulso, já quase chorando, de saudade, de tristeza.

Fi-lo sem pensar. Sentado no sofá de plástico que nos lembrava o sofá do quartel; olhando a luz fluorescente e as moscas voejando no chão de azulejo, pensei que eu teria que fazer alguma coisa, dizer alguma coisa que um *ciao* só não bastaria e que o ranço de Pendotiba ainda transbordaria em ondas pegajosas a nos unir em telefonemas ou desculpas aviltantes. Pensava isso mas não programei fazer o que fiz. Foi um impulso. E aqui vai, então, mais um motivo: é que eu gostava dele.

Carlos Alberto afastou-se de mim, surpreso, me olhando; depois se levantou brusco, saiu. Só tornei a vê-lo muitas horas mais tarde, quando voltou à salinha com Catarina, que me chamava na hora de ir embora. Não me olhou uma única vez na excruciante viagem que fizemos até minha casa, no carro deles. Eu disse um *ciao*, já arrependido, já querendo de alguma maneira me explicar, dizer que tinha sido minha maneira de dizer adeus, que ele não precisava ficar ansioso, o beijo era um adeus e não um começo, não haveria nenhum constrangimento entre nós. Era só um adeus. Queria ter podido dizer isso.

Depois, nos dias que se seguiram, o alívio nascido da constatação de que um assunto por longo tempo pendente tinha se resolvido fez com que essa minha vontade de falar outra vez com Carlos Alberto ficasse em segundo plano.

Depois foi a vida levando-me de compromisso em compromisso, pois além dos habituais me fizera mais um: ia agora com certa frequência a Vitória e isso é outra coisa difícil de explicar. Ou talvez seja simples: gosto de sentar-me ao entardecer na sala de visitas da casa de Tânia, e ficar vendo a luz sumir vencida pelo nosso silêncio.

Chego lá no voo da manhã e vou para a pensão onde costumo me hospedar, pois para justificar para mim mesmo, para a família dela e para meus sócios tais viagens, arranjei um fornecedor para a confecção, lá. Vou, da pensão ligo para Tânia, vejo o fornecedor que sempre me parece surpreso com a atenção que seu cliente carioca lhe dispensa, almoço qualquer coisa, tomo um banho e vou para a casa de Tânia, onde tomo um café e bato um papo com seus pais antes de eles desaparecerem e me deixarem a sós com ela. Ficamos então os dois sentados.

Cabe aqui explicitar um detalhe interessante. Mudamos um pouco de aspecto, eu e Tânia. Ambos estamos agora muito parecidos, formamos um casal, na maneira como nos comportamos e nos vestimos. Ela com essas roupas sem idade e sem época, vestidos feitos em casa, feitos pela mãe. E eu com o paletó do terno sobre uma camisa sem gravata, calças discretas, sapatos pretos. Sentamo-nos.

Ela está melhor.

Depois do jantar em família, fico para mais uma meia hora de conversa, com o pai, sobre negócios. Gosto de ver como eles

175

gostam de mim e dessas minhas visitas à filha. Depois despeço-
-me, durmo, e no dia seguinte cedo venho embora.

Fazem-me bem.

Teve uma época em que procurei forçar um encontro que
parecesse fortuito com Carlos Alberto. Passava com frequência
perto da rua sem saída onde era a editora, e me demorava em
cafés requentados e sujos, no barzinho da esquina, na esperança
de que surgisse. Depois cansei-me disso, e me envergonhei.

Se eu o encontrasse, o que diria, o que haveria para dizer?

... E UM DIA

E um dia encontramo-nos.

Fui o primeiro a vê-lo e fiquei esperando, estático, que nossos olhos se encontrassem. Quando isso enfim aconteceu, ele teve um primeiro, brevíssimo, mal existente, movimento de imen-
sa alegria. Da boca saiu o começo de um dos seus ois tão abertos,
e os braços chegaram a ensaiar um começo de abraço. Depois
lembrou-se, súbito, do que houve entre nós na salinha do hospital e fechou-se. Disse o seu oi, mas foi um oi seco, dolorido.
E hesitante deu o primeiro passo, e depois o segundo, passando
por mim direto, indo, ia embora, virei-me para vê-lo e então ele
parou. Parou de costas para mim, parou na rua movimentada do
centro da cidade e ficou lá parado longos instantes antes de se
virar, ele também, e voltar. Balançou a cabeça num sim mudo,
os olhos emocionados, já na minha frente. Voltou porque não
tinha voltado, muitos anos antes, num outro encontro, num corredor de Lisboa. Voltou. E eu, pegando no seu braço, disse: vamos tomar um café? nesse hábito brasileiro de afogar em xícaras
de café os gostos ruins da boca.

Não chegamos no café, ou melhor, passamos por vários sem

entrar em nenhum. Fomos nos sentar no para-lama de um carro estacionado no Passeio. E assim, sem nos olhar de frente, ambos olhando para as pessoas que passavam, conversamos. Ele e Catarina estavam pensando em voltar a morar juntos. Estavam demorando para se decidir porque não queriam fazer nada precipitado, forçar nenhuma barra. Estavam deixando as coisas acontecerem. Catarina não estava bem na casa da mãe. Eles saíam quase todos os dias juntos. João estava bem, e Carlos Alberto acrescentou com um riso curto: torce pelo Botafogo.

E como estava eu?

Disse que também estava bem, muito bem. Tudo bem na confecção, disse que via Tânia com certa frequência e ele me interrompeu, rápido, como é que estava Tânia.

Disse que Tânia estava bem, melhor, e demorei na descrição desinteressante da casa dela, do fornecedor capixaba, aliviados ambos de a conversa ter entrado num campo menos doloroso. Mas o assunto Tânia acabaria alguma hora, por mais que eu inventasse, e quando acabou ficamos os dois em silêncio.

Até que lembrei-me de Pendotiba. E Pendotiba, como estava?

Depois que o teto desabara, num temporal, a casa tinha ficado desabitada, pois Otávia, Sebastião e o filho tinham construído um casebre nos fundos do terreno com algum material que tinham conseguido aproveitar. Carlos Alberto não sabia o que ia acontecer. Não pagara mais as prestações.

Nem ele nem o BNH ficariam com a casa, quem ficaria com Pendotiba seria Sebastião. Disse-lhe que era isso que eu achava que ia acontecer e Carlos Alberto deu de ombros: é um bom fim.

Não parecia se importar.

Mas no silêncio que se seguiu ficamos lembrando de como era a casa, seus vitrôs que deixavam passar uma luz tão bonita, as redes. Fiquei com pena. E de pensar na casa, eu já começava a pensar nos seus habitantes, e isso eu não queria mais. Antes que as redes se balançassem preguiçosas e que as vozes ecoassem na luz dos vitrôs, eu, olhando para o chão, afastei-me do carro e disse: bem, foi legal te ver.

Ele concordou com a cabeça. Segurei-lhe o braço por um segundo e segui, sem saber para onde ia. Não olhei para trás, segui. Até passar pela porta do Cine Palácio e entrei, no ar condicionado, no escuro, onde se passava algum drama sobre a Guerra da Coreia. Sentei numa das primeiras cadeiras, afundado, joelhos na cadeira da frente, cabeça apoiada no espaldar, e lá fiquei, vendo uma incompreensível Guerra da Coreia se desmanchar em círculos caprichosos antes de cada lágrima correr, inconveniente, barba e colarinho abaixo.

Depois passou.

Hoje já posso pensar e até falar no assunto.

Aliás, penso muito. Aliás, se fosse calcular em que gasto as horas que fico acordado, teria, tenho certeza, uma surpresa ao perceber o quanto delas é gasto nas minhas lembranças.

Abandonei meu estudo sobre o período de gestão militar, está tudo numa pasta onde não quis pôr o nome sugerido por Carlos Alberto, "Sete homens e um destino", mas onde não podia pôr nenhum outro, sendo este o verdadeiro. Inventei um título então bem parecido, e que falava dos antepassados portugueses dele, e que são os mesmos que os meus. Deixei pasta e título numa gaveta. Do estudo só resta um hábito meu, que é filho dos discursos que fazia, na época de Carlos Alberto, Catarina e Rosário. Não faço mais discursos, mas cito, a três por dois, fatos e datas e nomes. Cito-os, estes dados, na minha voz neutra e calma. E as pessoas dizem: é verdade. E param a conversa, por um instante. Não é uma cobrança, que o que foi roubado não se paga. Mas quase.

Faz tempo já desde esse meu encontro com Carlos Alberto. Faz tempo, já. Fico pensando na vida deles, se se juntaram outra vez realmente, e João, como estará. Penso em cada um deles, em nós, na vida que tivemos, desde crianças, no que aconteceu. Penso muito. Na vida deles, na minha, na de todos nós. São vidas tão bonitas.

Eu tenho muito orgulho de tudo o que passou.

Wappingers Falls, 1985

Posfácio

Alexandre Vidal Porto

Quem já rompeu com um amigo muito próximo talvez entenda este livro como uma história de amizade. Apesar dos pontuais envolvimentos românticos e políticos entre os frequentadores da casa de Pendotiba, era a amizade a *língua franca* que os unia. Quando publicou *Sete anos e um dia*, seu primeiro romance para adultos, em 1987, Elvira Vigna ainda assinava "Elvira Vigna Lehmann", com o sobrenome do marido. Era um tempo em que "jeans azul-claro era muito mais na moda que jeans azul--escuro".

Na história, são claras as referências ao período de sete anos compreendido entre 1978 e 1985. Depois da fase mais sanguinária do regime militar, já nos encontramos em um lento e ambíguo processo de abertura política rumo à redemocratização do Brasil. Há esperança, mas tudo se move devagar. Assim, "Sete anos e mais um dia era a nau a navegar", a epígrafe do livro, parece aludir a uma travessia (processo de abertura política) que uma embarcação (o Brasil) realizaria ao longo desses sete anos (ou de sete generais).

É nesse contexto histórico que se estende o arco da amizade de Pedro e Carlos Alberto, o Caloca. Eles têm um passado em comum no ativismo estudantil, e foram colegas de universidade como alunos e como professores. Reaproximaram-se quando Caloca se separou da primeira mulher, Bete. A partir daí, a amizade dos dois se cruza e se aglutina com a vida de três outros personagens femininos centrais: Catarina, Rosário e Tânia.[1]

Todos eles estão em dissonância moral ou política com o establishment de que fazem parte: Catarina e Caloca vivem juntos sem terem se casado. Pedro, professor de sociologia esquerdista, já foi preso mais de uma vez por subversão e reprime sua homossexualidade. Tânia, violentada nos cárceres da ditadura, parece ter perdido a capacidade de se comunicar com o outro. Rosário, uma refugiada política argentina, persegue o seu próprio passado.

Reúnem-se e interagem numa casa situada no subúrbio de Niterói, no Rio de Janeiro. A casa, em perpétua construção, é onde passam os fins de semana, escapando do ambiente sufocante em que vivem. Essa busca por exílio no bairro de Pendotiba integra a estratégia de sobrevivência de cada um dos personagens, mas a longo prazo é insustentável, porque depende de um arranjo dinâmico de individualidades, e sempre existe a possibilidade de que um amigo se transforme e passe a falar ou fazer coisas que outro amigo não esteja disposto a aceitar.

Em Pendotiba, Pedro, Caloca e Catarina definem um con-

1. "Éramos amigos porque já éramos amigos, e às vezes nossas diferenças individuais tomavam a dianteira e a irritação entre nós crescia. Mas eram momentos. Bastava um de nós demonstrar de alguma maneira o quanto o outro lhe era importante para irritação e diferenças ficarem esquecidas e o que restar ser sempre a vontade de um ajudar o outro. Nós éramos de uma certa maneira nossa única companhia. Havia Catarina para mim e Bete para ele, mas relaxados e à vontade só nos sentíamos quando estávamos juntos. Depois, muito depois, vim a ter este mesmo sentimento com Tânia."

junto próprio de regras éticas e de comportamento, mas parecem ignorar o fato inelutável de que sua interação — sua amizade, em suma —, entre eles e com os outros, será modificada pelo "tempo" (os anos em que se encontraram naquela casa) e pelos "tempos" (momento histórico de tortuosa abertura política pelo qual passava o país). Para traçar um paralelo, era como se a casa de Pendotiba fosse o Brasil e a amizade, o processo de abertura.

Em sua leitura mais genérica, o livro poderia representar um fragmento literário do "ser brasileiro" no período da ditadura militar. É essa a contingência histórica dos personagens, e é sob esse guarda-chuva do ser humano em ambiente de repressão política que Elvira discute temas caros a ela, como as relações de poder entre homens e mulheres, ou a representação social da homossexualidade.

A voz de Catarina, ainda que mediada ora por um narrador onisciente ora por Pedro, é muito clara ao revelar as injustiças normalizadas na relação homem-mulher, e me deixou marcante impressão. Em um romance no qual "as mulheres são grandes e os homens pequenos", ela torna-se mãe, mas recusa o papel tradicional de maternidade. Catarina jamais permite limitação a sua potência como mulher. Na intimidade, masturba-se sem culpa, e sua fantasia erótica, R. Paradis, é um homem submisso. Transpõe sua afirmação feminista para a vida real quando seduz Peixoto por baixo da mesa para, finalmente, chocada, ter mais um exemplo de como os homens desconsideram a natureza da mulher.

O livro fala muito sobre arrogância e egocentrismo masculinos, sendo um exemplo a passagem em que Catarina se queixa do fato de Caloca não ajudar nos cuidados com João, filho deles. Entre mortas e feridas, Catarina é quem parece sobreviver para vingar o trauma causado a Tânia pela ditadura, ou para orientar Rosário, a transitória, a estrangeira, cujas palavras rapidíssimas ninguém entendia.[2]

Sob esse clima machista de opressão das mulheres, típico da época, a relação de Catarina com Pedro e Caloca se esgarça. Ela se ressente do descaso e da falta de apoio dos dois, a quem julgava aliados ideológicos, à pauta feminista que apresenta. Catarina, então, compreende que deve seguir seu caminho sozinha, sem levar em consideração nenhum homem, porque, como ela própria questiona a respeito de seu ginecologista, "pensando bem, o que ele sabe sobre ela, sobre mulher, sobre ter filho?".

É no âmbito desse mesmo éthos que a amizade entre Pedro e Caloca se rompe. Na primeira parte do livro, Vigna reconstrói pela linguagem ("bichinha", "veado", "afetado") o ambiente de homofobia e estigmatização social característico da década de 1980. Não é por acaso que o "tio veado", cuja orientação sexual incomoda a família e que nem sequer teve um nome, morre queimado, como morriam os sodomitas na Inquisição.[3]

A homossexualidade de Pedro segue latente. Manifesta-se seja no interesse pela genitália do tio Oscar ("eu só conseguia olhar para a enorme berinjela fosca que se balançava no meio das suas pernas"), seja na linguagem corporal ("E, meu Deus, pensou Catarina, como Pedro estava bicha. Cada dia mais bicha").

Quando consegue expressar sua homossexualidade beijan-

2. "Rosário era o retrato do passado. Não só o seu pessoal, despejado em palavras rapidíssimas que ninguém entendia e que em tudo eram semelhantes ao silêncio de Tânia."

3. "E Pedro, que já havia ouvido um dia a mãe dizer que fora o diabo a se apossar do espírito do cunhado, achou que as duas fumaças eram o que restara da presença do Belzebu.

Esta foi a última vez que Pedro viu o tio veado, morto de um ataque cardíaco durante o incêndio do edifício que ficava ao lado do seu escritório em São Paulo, o que veio corroborar a tese de Pedro: toda aquela fumaceira, Belzebu não resistiu."

do Caloca, Pedro tem consciência de que seu gesto equivale a um rompimento definitivo. O beijo foi sua forma de evidenciar a incompatibilidade da relação entre os dois, a maneira que encontrou para inviabilizar de vez a amizade. Sob o horror da ditadura, o gesto de afeto de Pedro por Caloca se transformava em golpe indesculpável.

Assim, a história do livro também fala dos riscos que a amizade corre ao ser, gradativa e sucessivamente, modificada pelo "tempo" e pelos "tempos", adquirindo características novas ou consolidando antigas que nós, também operados pelo "tempo" e pelos "tempos", passamos a rejeitar. Foi o que aconteceu com os frequentadores de Pendotiba.

Em termos abstratos, foi a própria ditadura que matou a amizade do grupo, que o inviabilizou. Essa amizade implodiu de vez quando Tânia, transtornada pela memória de seu trauma, agrediu João, uma criança, com violência, e quando Pedro beijou Caloca na sala de espera do hospital. A implosão foi causada pelo clima de opressão que nem Pendotiba nem a História, ao cabo de sete anos, deram conta de dissipar.

Os personagens, tal como o Brasil, fizeram uma travessia para morrer na praia. No final, a melancolia invade tudo, como o mato que engole as ruínas da casa de Pendotiba, cujo exílio não protegeu ninguém contra nada. A amizade deles passou. O processo de abertura foi interrompido pela morte de Tancredo Neves.[4]

Na segunda parte do livro, quando reencontra Caloca mui-

4. "Nos sete anos de Pendotiba, e de abertura, foram estes os fantasmas que carregamos, sem saber onde aportar para descarregá-los. Os velhos fantasmas familiares que toda geração tem, e mais outros que fomos obrigados a suportar, e dentre estes últimos havia os fantasmas de nós mesmos, mas não sabíamos disso. Passamos sete anos sonhando com um porto e, no fim, o que nos pareceu tal porto eram as terras de Berberônia, más terras — e Pendotiba naufragou, literalmente, durante um temporal, enquanto o Brasil naufragava nas lágrimas por um presidente morto, um civil, o primeiro."

tos anos depois, Pedro ouve sobre as possibilidades de reatamento entre o ex-amigo e Catarina. Para ele isso já é passado. A essa altura, a casa de Pendotiba desabou e está coberta de mato.

Acabei minha leitura chorando pelo fim implacável de cada amizade e por evoluirmos em desarranjo com tudo o que, no passado, era perfeitamente arranjado. Chorei pelos que perdem o controle, pelos que deixaram a si mesmos para trás sem querer, pelas amizades eternas que viraram fugazes.

Pedro sacrificou a amizade com Caloca para não repetir a covardia de anos antes, com seu companheiro de cela, Antônio. Em suma, Pedro rompeu com Caloca para tornar-se uma pessoa melhor. Nenhuma amizade tem que ser ótima, mas precisa ser boa. Pedro teve coragem de fazer o melhor que conseguiu e, agora, tem muito orgulho disso.

ESTA OBRA FOI COMPOSTA PELA ACOMTE EM ELECTRA E IMPRESSA
EM OFSETE PELA GRÁFICA PAYM SOBRE PAPEL PÓLEN NATURAL DA SUZANO S.A.
PARA A EDITORA SCHWARCZ EM MARÇO DE 2025

A marca FSC® é a garantia de que a madeira utilizada na fabricação do papel deste livro provém de florestas que foram gerenciadas de maneira ambientalmente correta, socialmente justa e economicamente viável, além de outras fontes de origem controlada.